KB020047

상호 연 경 장

상호 경연장

1판 1쇄 발행 2022년 4월 20일

지은이 윤상홍
발행인 이선우
펴낸곳 도서출판 선우미디어
등록 | 1997. 8. 7 제305-2014-000020
02643 서울시 동대문구 장한로 12길 40, 101동 203호
☎ 2272-3351, 3352 팩스: 2272-5540
sunwoome@hanmail.net
Printed in Korea © 2022. 윤상홍

값 13,000원

※ 잘못된 책은 바꿔 드립니다.
※ 저자와 협의하여 인지 생략합니다.

ISBN 978-89-5658-698-4 03810

상호 연경장

윤상홍 에세이

선우미디어 sunwoomedia

책머리에

아주 운 좋은 인연으로 이승에 태어나 어머니의 지극 정성으로 잔병치레를 이겨내고 여기까지 왔다. 나를 몽매에서 일깨워주신 모든 분께 깊이 감사드린다. 서툰 글재주로 책을 묶어놓고 보니 만용이라 할까 두렵다.

이 에세이집은 수필 30편과 대구일보에 기고한 〈大日散筆〉 12편, 조사 2편과 발문 1편 등 모두 45편으로 구성하였다. 수확이 넉넉하지는 못하지만 제 삶의 편린을 어렴풋이나마 형용하였다고 자부하고 싶다.

짧은 생각에 맴돈 졸문을 보고서 '이런 생각도 있구나' 하는 마음으로 가볍게 읽어주신다면 고맙겠다. 이 세상에 소풍 온 작은 징표다. 한 꼭지라도 의미 있다고 느낀 독자가 있다면 나에게는 큰 행운이다. 지근에서 이해하고 도와준 아내와 묵묵히 응원해준 수하들이 고맙다.

2022년 3월 20일

윤상홍

차례

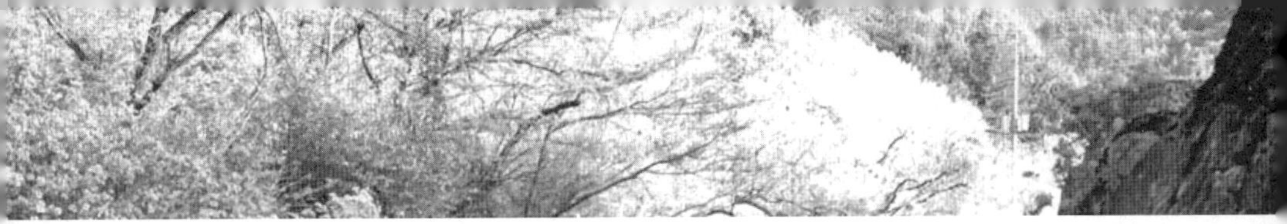

Ⅱ. 살다보면

Ⅲ. 그리움

Ⅳ. 칼럼

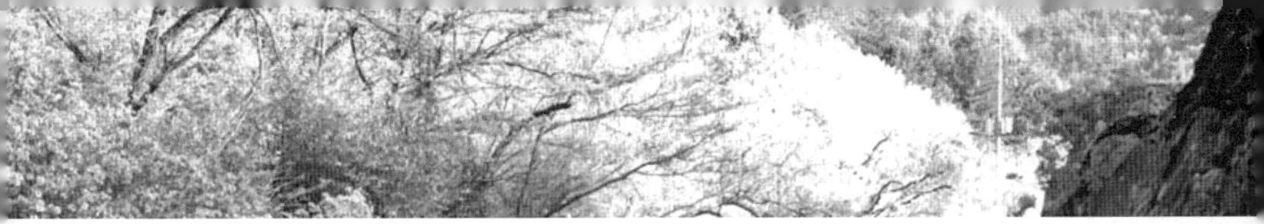

V. 바치는 글

I

환희

나의 버킷리스트 | 내 꿈의 영봉, 청화산青華山 | 내설악에서 외설악까지 | 늦바람 | 늦은 소풍 | 백수의 과로 | 소복재근小福在勤 | 오, 몽환경구여 | 유지경성有志竟成 | 이방인과의 동거 | 텃밭지기

나의 버킷리스트

보도에 의하면 한국인의 기대 수명이 남자가 79세, 여자가 85세라고 한다. 초고령 사회의 파고가 빠르게 밀려오고 있다. 의료기술이 나날이 진화하고 건강의료보험 체계가 선진화되고 개인 건강관리에 관한 관심이 높아져 바야흐로 백세 시대가 현실이 되었다. 시골에 가면 망팔望八에 마을 청년회장을 맡아야 한다는 웃지 못할 시대가 왔으니 이게 천국이 아닌가. 대중가요 '백세 인생'이 크게 히트를 치고, 노인들이 '내 나이가 어때서'를 즐겨 부르니 이제 환상인지 착각인지 모를 시대에 살고 있다.

오래 살게 되니까 이제는 아름답게 죽자는 데에 관심이 쏠린다. 그래서 자주 회자되는 말이 있다. 버킷리스트다. 버킷리스트Bucket list라는 말은 중세 유럽에서 자살이나 교수형을 할 경우 목에 줄을 맨 다음, 딛고 서 있던 양동이(Bucket)를 발로 찼던 관행에서 유래됐다고 한다. 누구나 죽음을 맞는 순간 '진작~ ~할 걸' 하는 회한이 한 두

가지가 아닐 것이다. 생을 마치기 전에 꼭 해보고 싶은 일들을 열거한 것이 버킷리스트(소망목록)라고 한다. 기대 수명만큼만 살다 간다면 나는 오 년밖에 남지 않은 셈이니 조바심이 인다. 어영부영할 여유가 없다. 나도 당장 소망목록을 만들고 실현해야겠다는 조급증이 등을 떠민다. 족보를 펼쳐 조상님들의 생몰연대를 따져보노라면 쉰을 넘긴 선조가 드물다. 병마를 다스릴 방법이 마땅찮았던 그 옛날에는 천수답 같은 삶을 살았을 것이다. 장수시대를 누리게 됨에 감사한다.

호주의 호스피스 간호사 브로니 웨어가 쓴 "내가 원하는 삶을 살았더라면"이란 책에서 사람들이 죽을 때 가장 많이 하는 후회는 다른 사람이 아닌 내가 원하는 삶을 살지 못했다는 것이라고 했다. 남의 이목을 고려하다 보니 진정 내 삶을 살지 못했다는 말이다. 수많은 관계 속에서 살아야 할 사람살이이기에 바다 건너 그쪽 사람들도 나만의 취향을 살리기가 어렵기는 마찬가지였던가 보다.

올봄에 개미 쳇바퀴 도는 일상을 벗어나 제주 여행을 결행하였다. 신혼여행이냐고 놀리는 말이 그리 싫지 않았다. 부부만의 낭만을 누린 여행을 한 적이 없었기 때문이다. 제주올레 6코스 걷기는 늘 별러왔던 메뉴라 더 설레었다. 서귀포 쇠소깍에서 출발하여 외돌개까지 14km를 방랑의 태세로 하염없이 걷다 쉬다를 반복하였다. 부부여행은 스케줄을 짜는데 이견을 조정하기가 좋았다. 다리가 무거우면 아무 데나 털썩 주저앉아 쉬었고 마음에 드는 풍경을 만나면 그 자리가 포토존이 되었다. 사월의 화창한 봄날, 왼쪽에는 태평양 쪽빛 바닷물이 거무

튀튀한 크고 작은 바위를 샤워시키듯 몰려와서 덮치면서 솟아오르는 하얀 포말을 보노라면 탄산음료를 삼키는 맛이다. 연도에 늘어선 상록의 아열대 식물들은 이국적 정취가 물씬 풍기는 환상 그 자체였다. 제주 올레길은 스페인의 산티아고 순례길을 모티프로 만들었다고 한다. 산티아고 순례길을 상상하며 걷는 흥취는 어떤 형용사로도 그려낼 수 없었다. 여가를 즐긴다면 대부분 여행을 1순위로 꼽는다. 여행만큼 신명 나고 행복감을 선사하는 일이 또 있을까. 어떤 시인은 이승을 소풍에 비유하였다. 미지의 세계에 대한 동경과 호기심 충족은 물론 일상의 고뇌로부터의 해방감이 여행의 약효가 아닐까 싶다. 결혼하면 신혼여행, 일흔에 칠순여행, 결혼 오십 주년에 금혼여행 등 통과의례에 따라 이름 붙여 여행을 떠날 수 있는 세상이니 소풍이라고 찬미할 만하다.

이번 여행이 무슨 기념 여행은 아니지만 굳이 이름 붙이자면 내 '버킷리스트 1호'다. 여생이 오 년일지, 십 년일지는 알 수 없다. 다리 떨리면 이미 늦고 가슴 떨릴 때에 여행을 떠나라는 말이 있다. 동년배의 지인들이 트레킹을 엄두 내지 못하는 까닭이 장시간 걸을 수 없기 때문이란다. 우리 부부는 육신을 부리는 데에 남은 힘이 조금 있으니 얼마나 다행한가. 작년 다르고 올 다르다고 되뇌시던 옛 어른들의 서글픈 넋두리가 어느새 무의식중 입 바퀴에 맴돈다.

제주 사랑의 열정은 남쪽 해안을 낙원으로 꾸며 놓았다. 길가에는 송엽국, 태양초, 자란紫蘭이라는 예쁜 이름의 꽃들이 환하게 반긴다.

카메라 앵글을 맞추면 귀엽게 윙크로 답한다. 노추가 풀풀 날 나이에 저 꽃들이 살갑게 반기니 고마운 일이다. 제주올레 6코스의 아름다운 풍광에 푹 빠져 보니 내 버킷리스트 1호임에 만족한다.

한 달 뒤에 오월의 남풍이 또 나를 불러냈다. 땅끝마을에서 바다를 건너 보길도로 내달렸다. 고산 윤선도 선생 유적지를 둘러보았다. 이 섬의 아름다움에 취하여 제주행을 포기하고 이곳에 정착했다고 하니 나그네의 관심이 더 끌릴 수밖에 없었다. 세연정을 중심으로 한 원림은 고산의 세심洗心 공간이었다고 한다. 이웃하고 살았을 필부들과는 격세의 시샘을 받았음직도 하나 그도 아마 버킷리스트로 원림을 가꾸었으리라. 연못에 낚시터와 인공폭포, 구름다리와 악기 연주단까지 갖추어 신선들의 놀이터를 방불케 하는 이상세계를 꾸며 놓았다. 이런 미학적 안목이 있었기에 주옥같은 어부사시사를 건졌을 것이다.

앞 개에 안개 걷히고 뒷산에 해 비친다
배 띄워라 배 띄워라
밤 물은 거의 지고 낮 물이 밀려온다
지국총 지국총 어사와
강촌에 온갖 꽃이 먼 빛이 더욱 좋다

뭍으로 올라와 강진 다산초당을 찾았다. 다산이 십칠 년이란 오랜 유배생활에서 남긴 오백여 권의 저술을 남길 수 있었던 것은 유배 기간 책을 읽고 깊은 사색을 하는 호기로 삼았기에 가능했을 것이다. 역경을 긍정으로 승화시킨 그의 슬기가 발현된 초당이다. 목민심서 등 오백여 권의 방대한 저술을 남기면서 불운을 극기로써 반전시켜 위업을 쌓았다.

나의 버킷리스트 2호로 수필집을 내는 일이다. 명색이 등단 작가라 하지만 변변한 작품집 하나 꾸리지 못했다. 난분분한 생각과 군더더기를 덜어내고 두 번째 소망을 이루리라 다짐해 본다. 리스트 3호는 아담한 병풍 하나를 남기는 일이다. 한 면에는 후손들에게 귀감이 될 만한 글귀를 휘호하고, 이면에는 멋스러운 문인화 몇 점을 얹어 내 존재를 전하여야겠다.

버킷리스트의 꿈은 아름다운 마무리의 설계다. 소망을 몽땅 이루어 이 세상 소풍 끝나는 날 행복의 미소를 머금고 가벼이 떠나리라.

(2016)

내 꿈의 영봉, 청화산青華山

나는 '대구시민의 노래'를 유독 좋아한다. 행진곡풍의 경쾌한 가락과 '팔공산 줄기마다 힘이 맺히고…'로 시작되는 노랫말의 역동성이 어쩐지 내 마음을 설레게 하기 때문이다.

1970년대에 즐겨 부르던 '새마을 노래'도 그렇다. 찌들었던 가난을 벗고 기적 같은 경제 발전을 이끌었던 그 시절을 살았던 이들에게는 비슷한 감회를 느낄성싶다. 대구 시민의 노래나 새마을 노래와 함께 내 중학교 교가도 그런 감흥을 불러일으키는 것은 나만의 별난 성미 탓일까.

반세기를 훌쩍 지난 중학 시절을 거슬러 올라가 교가를 되뇌어 본다.

청화산 봉우리에 흰 구름 돌고
낙동강 맑은 물 가로 놓이니

이 노래가 내 뇌리에 어떤 이미지로 새겨졌을까. 우뚝 솟은 청화산 봉우리에 흰 구름이 돌아드니 그 구름이 바로 '청운'이요 나의 꿈이었다. 그 구름은 푸른 청화산 산색과 에메랄드 하늘색이 얼비친 희망의 빛깔이었다. 흰 구름 맴도는 봉우리를 바라볼 때면 힘차게 비상하는 기운을 지금도 느끼곤 한다. 우뚝 솟은 청화산에 '낙동강 맑은 물'로 이어지는 대구對句는 산상봉의 맑은 기운이 강물 위로 비껴 스치는 듯한 황홀감마저 느끼곤 했다. 비록 곡물창고를 교실로 대용한 흙바닥에 가마니때기를 깔고 앉아서 공부했지만 꿈을 향한 열정에 묻혀 웬만한 불편쯤은 대수가 아니었다. 교가를 부를 때마다 결연한 용기가 솟았고 꿈은 다져졌다. 그 꿈은 내 길목을 지켜 주었고 채찍이 되었다. 세상에 꿈이 없는 사람이 어디 있으랴. 다만 목표를 향한 불굴 투지의 소산이 아니겠는가. 끊임없는 다짐과 한 우물을 파는 열정이 운명을 가르지 않았던가.

당시 중학교를 졸업할 즈음에는 급우나 선배들로부터 백지에다 사인Sign을 주고받는 게 유행이었다. '청운의 꿈을 펼쳐라'느니 '인내, 노력, 성공!'과 같은 진부하긴 했어도 격려를 담은 짧은 구절을 한껏 멋을 부려 쓴 사인을 교환하며 앞날을 빌어 주었다. 그것은 나를 추슬러 주는 응원이요, 고마운 정표였다.

학비는커녕 양식도 겨우 잇는 처지라 대학 진학은 아예 엄두도 못 냈다. 그렇다고 돌파구가 전혀 없는 것은 아니었다. 관비官費로 공부하고 취업이 보장되는 체신고등학교나 철도고등학교, 사범학교 쪽에

길이 있었다. 자연히 그쪽으로 많이 몰렸다. 내가 택한 길은 사범학교! 나에게는 '청운의 꿈'이었고 운이 따랐다. 자신을 채근하며 늘 우러러 노래하던 청화산의 정기를 받은 거라 믿으며 스스로를 대견해 하였다.

푸름의 색감은 안정감과 희망을 느끼게 한다. 푸름이 주는 청량감은 피로를 덜어 주고 위안과 치유의 힘을 받는다고들 말한다. 그래서인지 푸름을 올레길에다 접목한 곳이 있다. 그 지역 해안에 올레길을 열고 '블루로드Blue Road'라 명명하였다. 이 길은 바닷물이 손에 잡힐 듯한 해안을 따라 언덕을 넘으며 아슬아슬한 벼랑을 끼고 꼬불꼬불하게 이어진다. 시원한 바람과 푸른 물결이 넘실거리는 동해를 벗하며 걸을 수 있는 낭만의 길이다. 파도가 하염없이 씻어낸 모래는 숫제 금싸라기에 가깝도록 깨끗하여 나그네의 마음을 맑힌다.

일출 명소 영덕 강구 해맞이 공원에서 내려다본 절경이 나그네의 소매를 잡는다. 해안가 옅은 쪽빛 물속으로 훤히 들여다보이는 해초들의 미끄러운 일렁임, 오색 비치파라솔을 둘러친 고깃배가 유유히 떠다니는 평화로운 정경은 지친 길손의 몸과 마음의 때를 씻어내기에 족하다.

바닷가 절벽 위에 걸쳐진 해파랑길을 걷는다. 싱그러운 솔향기와 부서지는 파도가 이따금 실바람을 몰고 온다. 청신한 바닷바람에 인동꽃 향기가 어우러져 버무려 내는 향연은 이 길의 압권이다.

어린 시절의 희망봉, 청화산은 내 인생행로를 열어준 영봉이다. 청화산 푸른 봉의 기운을 받은 내 영육이 블루로드의 싱그러운 기가 보태어져 걷는 기분은 더없이 상쾌하다.

아, 청화산 푸른봉에 흰구름 돌고…

그때의 친구들과 교가를 목놓아 불러보고 싶다.

(2013)

내설악에서 외설악까지

미답의 세계는 삶에 있어 활력을 불러일으킨다.

그곳은 호기심과 신비로움이 잉태해 있어 더욱 설레게 한다. 한반도를 동서로 가르는 태백산맥의 주봉인 대청봉은 요산가樂山家들의 우상이다. 대청봉의 기온은 겨울의 초입을 알리는 시그널로 대중매체들의 전파를 탄다. 등산객들에게 긍지를 심어 주던 대청봉은 내겐 아직 미답의 산이다. '설악산 오르기'는 퇴직 후 가장 기다려지는 일 중의 하나였다.

설악산 동반자를 찾기 위하여 동기회 때마다 광고를 하였으나 결과는 신통치 않았다. 무릎 관절이 안 좋네, 허리가 아프네 하며 선뜻 따라나설 이가 드물었다. 우여곡절 끝에 세 쌍의 부부 여섯 사람이 장도에 오르게 되었다. 휴가철을 지나 9월 첫 월요일을 잡았다. 붐비지 않을 뿐 아니라 절기상 산사에서 밤을 보내는데도 애로가 없을 것 같았기 때문이다. 군살도 7kg이나 벗어 버려 몸이 한결 가벼워진 자신을 시험하는 계기가 되어 더욱 기다려졌다.

이해 여름은 늦장마로 유난히도 질척거렸다. 연이어 찔끔거리는 날씨로 사람들의 축축한 몸과 마음은 마를 날이 없었다.

백여 개의 소沼가 있다는 백담계곡은 수렴동 계곡으로 이어진다. 수행자의 심경으로 내설악의 계곡을 거슬러 오른다. 크고 작은 바윗덩이는 조금 전 내린 비에 젖어 있었고, 깊고 긴 골짜기는 콸콸 흘러내리는 물살로 요란하다. 그 소리에 가위눌린 듯 동물들의 자취를 찾기가 어려웠고, 적막감은 깊어만 간다. 굽이친 개울마다 절구 확처럼 패인 소에서 용솟음치는 녹색 물살은 나를 빨아들일 듯하여 소름이 돋는다. 수십 길 낭떠러지로 흩날리는 물보라는 여행객의 더위를 식혀주어 한결 상쾌하다. 여기가 선경仙境이 아니고 무엇이랴.

인간들의 오만을 꾸짖듯 연전에 이곳에는 태풍이 엄습, 하늘 수문을 열어젖혀 아수라장으로 만든 상처가 아직도 역력하다. 철제 등산로를 보수하는 인부들과 마주친다. 수고한다는 인사말을 날렸지만 그들은 무심하였다. 과객들이 건성으로 내뱉는 똑같은 인사말에 진력이 났을 성도 싶었다.

봉정암 턱 밑에서 깔딱고개를 만났다. 땀에 범벅이 된 몸은 납덩이만큼이나 무거웠고 숨결은 더욱 가빠졌다. 봉정암에 이른 것은 어둑발이 지척까지 다가왔을 때였다. 경내에 들어서니 나도 모르게 옷매무새를 가다듬게 되었고, 목소리도 바닥에 깔아야 했다. 청정 도량에 일순 동화된 것이다.

남정네 전용 숙소에 열여섯 사람이 너댓 평 좁은 방에 빼곡히 누워 잘 참이다. 인심을 쓸 여유가 없기에 한 잔 남은 소주를 혼자서 홀짝 마셔 버렸다. 그 순간 옆 사람의 귀띔이 왔다. 조금 전 옆방 투숙객이 담배를 피우다가 감찰반에 발각되어 추방당해 하산하였다는 말에 정신이 번쩍 들었다. 설마 하다가 낭패를 부를 뻔 했다. 체면이 구겨지지 않은 게 다행이었다. 절제하지 못한 나약한 심지를 들여다보게 되어 얼굴이 화끈거린다. 산사의 새우잠은 불편하기 그지없고 기온마저 선선해서 숙면을 이룰 수가 없었다.

이른 아침, 주불主佛인 사리탑에 참배하였다. 탑의 뒤 능선에 올라보니 태백산맥의 수많은 지맥들이 운무를 뚫고 서쪽으로 내닫고 있는 장관은 가슴을 한없이 후련하게 하였다. 봉정암을 뒤로하고 소청산장에 오르는 길은 워낙 가팔라서 전신이 땀으로 흥건하다. 소청산장 아래에 펼쳐진 시원스런 시야에 천하를 얻은 듯 호기가 인다. 이따금 솜털이 너울대듯 구름 무리들이 겨드랑이를 스쳐 흘러간다. 소청의 산바람은 청량하여 가슴이 후련하다. 속세에서의 아귀다툼이 언제였느냐는 듯하였고, 우리는 맑음에 취하였다. 이런 경지를 일러 '너도 내안에 있고 나도 네 안에 있어 무아의 마음자리' 라며 오만을 떨어본다.

드디어 대청봉(1,708m) 정상. 한낮인데도 사위는 구름으로 자욱하여 '오리무중' 그대로이다. 얼마나 동경하였었나. 봉의 정수리는 온갖 풍상을 대비한 양 태초부터 바윗덩이를 머리에 이고 있다. 대청봉이 거기에 있어 혹독한 풍설을 온몸으로 막아내고, 묵묵히 정기를 뻗어내려 국운을 융성케 하였으리라.

경계심이 많은 다람쥐 두어 마리가 잽싸게 '헤쳐, 모여'를 되풀이하며 먹이를 채근하는 재롱을 카메라에 담았다. 영봉을 지키는 터줏대감이 우리를 정겹게 반겨 주어 더욱 귀여웠다.

소청에서 천불동 계곡을 아래로 누비며 숙연한 행군을 계속한다. 불상에 비유된 바위들이 즐비하여 천불동 계곡이라 하지 않았던가. 바위틈을 비집고 아슬아슬하게 버티고 서 있는 낙낙장송들의 곡예는 어지간한 감수성으로는 그려내기 어려웠다.

천하의 명승 장가계에서는 주로 계곡에서 멀리 떨어져 내려다보는 관광으로 즐긴다. 천불동은 기교는 덜해도 단아하다. 장가계는 다보탑과 같이 아기자기하고, 천불동 계곡은 석가탑처럼 수수하다. 천불동의 맑은 계곡물은 양손으로 퍼 마셔도 시원하고 달다. 바위에 앉아 발 담그고 기암절벽을 쳐다보는 즐거움은 장가계가 부럽지 않다. 오감으로 아름다움을 탐닉할 수 있기 때문이다.

내설악 백담사에서 외설악 천불동의 끝자락 신흥사에 이르기까지는 1박 2일의 열일곱 시간에 걸친 대장정이었다. 개선의 뿌듯함을 얼굴에 부조浮彫한 여섯 용사는 행복해 보였다. 우리는 설악의 위용과 살갑게 교감함으로써 즐거웠고, 이순耳順의 고갯마루에서 건강한 자신을 확인하였다.

설악산 종주는 내 생의 비명에 등재할까 보다. 대청봉은 내게 있어 삶의 반환점이다. 서서히 다가오는 생의 끝점이 조금은 서글프고 착잡하지만 숙명인 걸 어쩌랴.

오르면 내려 와야 하고 내려오면 그쳐야하는 게 인생이 아니겠는가.

(2008)

늦바람

시월 중하순의 경계에 단풍 마중을 떠난다. 단풍이 시작되었다는 소식을 좇아 아내와 함께 가장 아름답다는 남설악 주전골 단풍을 만나러 7번 국도를 달린다. 온 산을 붉게 물들이며 계곡을 타고 내려오는 오색 불길을 카메라에 담을 생각을 하니 미묘한 전율이 인다.

입산 통제 초소가 열리자 쏟아지는 인파에 휩쓸려 몸을 들이민다. 화려한 무대가 열린 듯 초입부터 울긋불긋 윤기가 흐르는 단풍잎들이 골짜기 한가득하다. 그 유혹에 홀려 카메라 앵글을 맞추고 셔터를 누르느라 내 발걸음은 좀체 나아가지 않는다. 울긋불긋한 단풍이 얼비친 아내의 낯빛도 희색이다. 풍경을 캔버스에 옮기려는 화가는 구도를 어떻게 잡느냐를 먼저 고민해야 하듯이 카메라도 어느 지점에서, 어느 각도에서, 어느 범위로, 어디에 초점을 잡아야 분위기를 살릴 수 있을까 머리를 바쁘게 굴려야 한다. 사진을 일컬어 빛의 예술이라 하는 것은 카메라의 동공을 열어 빛을 들이는 양을 조절하여 만들어지기 때문이다. 그뿐 아니라 감도와 색온도, 그리고 노출 보정값도 설정해야 한다.

똑딱이 카메라나 폰 카메라로 찍던 것과는 달리 섬세한 계기 설정이 작품의 성패를 가른다. 작품 한 장을 얻기까지는 많은 시행착오를 겪으면서 피사체 현장에서 시시각각으로 변하는 환경에 대처하지 않으면 안 된다.

주전골 중간쯤에서 맞이한 경관은 바로 내가 그리던 수묵담채화 한 폭이었다. 꿈에서나 그렸던 완벽한 그림이 거기 걸려 있었다. 내심 쾌재를 불렀다. 기암괴석이 몇 겹으로 솟아 있고 산수화처럼 낙락장송이 여기저기 알맞게 배치되어 있었으며 골짜기 양쪽에는 노랑, 빨강, 초록 등 인간의 붓질로는 미치지 못할 황홀경이 펼쳐져 있었다.

계곡에 걸쳐진 무지개다리 위에는 많은 관광객들이 신비스러운 이 정경을 카메라에 담느라 혼을 쏟는다. 봉우리 위 창공에는 뭉게구름 두세 점이 두둥실 한가롭게 흐르고 있다.

디지털 카메라를 가지고부터는 조작 기술 습득에 열정을 쏟았고 출사에도 열심히 참가하였다. 동아리 출사에 참여하기 위하여 한밤중에 집을 나서는 남편을 걱정스럽게 바라보는 아내의 표정이 자꾸 눈에 밟혀 발자국조차 신경을 곤두세워 옮겨야 했다. 동호회에서 주선하는 출사지는 생전 처음 가보는 경관이라 호기심이 크고 기대로 부푼다. 코로나로 인해 단체 출사는 겨우 일 년을 끝으로 중단되었고, 요즘은 아내를 동반한 손수 운전으로 여행 겸 출사를 주로 한다.

아름다운 풍경을 카메라에 담아 올 때마다 농부가 넉넉한 수확으로 곳간을 채우는 풍요를 느낀다. 신문 지면에 심심찮게 소개되는 여행 작가까지는 아니라도 여행 사진작가로 남고 싶다. 몇 해 전부터 한반도 삼면 해안을 둘러보았고, 지난봄에도 충북을 거쳐 경기도 일원을 둘러보고 왔다. 어줍지만 사진작가 입문에 도전하고 있다. 크게 내세우기에는 보잘것없지만 걸음마 정도의 성과를 내기도 했다. 칭찬은 고래도 춤추게 한다지 않는가. 그 여력으로 사진 찍기 좋은 날씨면 집에 있지 못하고 카메라를 메고 나서기 일쑤다. 현장으로 달려가 찍은 사진은 후보정을 하고 취사선택하여 저장장치에 갈무리하는 일련의 작업으로 늘 바쁘게 산다. 주위에서는 과로를 염려하는 이들도 있지만 노년일수록 할 일이 있어야 하고 성취의욕을 가져야 건강한 삶을 누릴 수 있다는 말을 신봉하고 싶다.

출사 여행의 맛에 익숙해진 뒤로는 아내의 호응도 긍정적으로 달라졌다. 이른바 핫플레이스에는 모델을 동반한 사진작가들도 가끔 볼 수 있다. 비록 젊고 발랄하지는 못하지만 여행 기념사진을 찍을겸해서 아내를 모델로 연출시켜 촬영하기도 한다. 생뚱맞다고 힐난을 할지 모르지만 나에게는 천사다. 기상천외하게도 '무상 모델'로 연출한 작품이 공모전에 뽑혔다. 고색이 짙은 정자 뜨락에서 모시 적삼에 삼베 치마를 떨쳐입은 노파가 부채를 부치며 진홍색 8월의 베롱나무꽃을 물끄러미 완상하는 정경이 그럴듯했던 모양이다. 평범한 피사체에 스토리를 입힌 게 적중한 것이다. 작품성을 인정받은 셈이라 참 기뻤다. 글과 마찬가지로 사진에서도 의미화가 중요한 것 같다.

진경산수眞景山水는 우리나라에 실재하는 경관을 몸소 탐방하여 사생寫生에 주력하는 경향을 일컫는 용어다. 조선 후기 겸재謙齋 정선鄭敾에 의하여 형성된 화풍이라고 한다. 실제 현장을 찾아가서 그림을 그렸다고 하니 오늘날 내가 하고 있는 출사와 비교한다면 현장성은 같으나 그림과 사진작품의 차이일 뿐이다. 모든 여건이 불비하고 질박했던 그 시대의 그림에 들인 정성에 어찌 사진과 비기겠는가. 오늘날 손꼽히는 사진 공모전에서 큰 상을 획득한 작품을 보면 예술의 한 장르에서 인정받아 마땅하다 싶다. 밤을 낮 삼아 인고의 기다림으로 얻은 그들 작품을 보면 옛 명화에 버금가는 감동을 주는 작품이 많다. 그런 대작을 만들기에는 언감생심이지만 평범 가운데 피사체의 의미를 구현하는 노력은 지속할 작정이다.

보람과 행복은 스스로 발굴해 가는 이의 것이다. 마침표를 찍을 때까지 몰입하는 여생을 살고 싶다.

(2021)

늦은 소풍

핸들을 잡은 손에 신명이 실린다. 소풍 가듯~ 소풍 가듯~ 콧노래를 흥얼거린다. 여행이란 낯섦을 찾아 나서는 것. 부부가 함께 떠나는 여행은 소소한 행복을 누릴 수 있는 기회다. 개미 쳇바퀴 돌 듯 무료한 일상에서 벗어나 상상의 나래를 펼치고 이방異邦을 여행하는 것은 누구나 선망하는 행복의 공통 언어가 아니던가.

젊어서는 어른들 눈치 보랴, 아이들 치다꺼리하랴, 부부 여행은 언감생심이다. 은퇴한 세대를 흔히 인생 3막이니 황금기라 부르는 것은 의무와 책임에서 해방되어 자유를 온전히 누릴 수 있기 때문이리라.

제3막에 발을 들인 지 어언 십여 년이 훌쩍 지난 어느 초여름날, 남해군 한 바닷가로 여행을 떠났다. 평소 갯가에서 조개나 낙지를 잡는 다큐멘터리를 흥미롭게 보아왔던 터라 어촌체험을 하러 간 것이다. 장화와 호미, 그리고 약간의 된장 덩이를 배정받고 갯벌로 나갔다. 쏙 잡기다. 좁은 구멍에서 쏙 뽑아 올린다고 해서 생긴 이름 같기도 하지만 자세한 연유는 알 수 없다. 쏙은 주로 돔 낚시의 미끼로

쓰인다니 인기 있는 어종은 아닌 것 같다. 갯벌에 구멍을 깊숙이 파고 숨어 사는 쏙은 가재 같기도, 새우 같기도 한 난생 처음 보는 갑각류이다. 된장을 풀어 대꼬챙이로 유인하면 구멍 밖으로 머리를 쏙 내미는 놈을 재빨리 엄지와 검지로 낚아채야 한다. 순간 포획의 순발력이 필수다. 머리를 내미는 찰라에 모가지를 꽉 잡아올려야 하는데 조금만 굼뜨면 손아귀에서 미끄러져 구멍 속으로 쏙 들어 가버린다. 손가락 집게 질이 여간 재빠르지 않고서는 수염과 앞다리 몇 개만 건질 뿐 헛수고가 되기 일쑤다.

늘 반 박자가 늦은 나는 번번이 실패하고 포획 성공률은 거의 아내가 올린다. 헛웃음이 나온다. 내 굼뜸이 자존심과 함께 여지없이 구겨졌으니 말이다. 그나마 다행인 것은, 아내는 우쭐해 하거나 남편의 실수와 약점을 농담으로라도 좀체 탓하지 않는 게 그의 타고난 금도다. 오로지 내가 공헌할 수 있었던 것은 녀석의 아지트를 정탐하고 개흙을 긁어 우묵하게 모래성을 둘러친 뒤 된장을 풀어 유인하는 준비가 고작이었다. 한 마리씩 건져 올릴 때마다 야~ 와~ 하는 탄성이 갯벌 여기저기서 터져 나온다. 어린이를 동반한 젊은 가족들 틈에 일흔 중반의 노인네가 끼어 있으니 남이 보기에는 우스꽝스러울지 모르겠다.

잡은 쏙을 튀겨먹는 순서가 어촌체험의 피날레다. 기름에 튀겨낸 노르스름한 튀김이 침샘을 자극한다. 고소함에 오장육부도 온통 환영 일색인지 울렁인다. 정원 테이블에 마주 앉은 우리는 더없는 행복감에 젖는다. 우리 앞에 미식이 한 상 차려져 있으니 세상에 무엇이 더

부러우랴.

내가 집착하는 버킷리스트는, 낡았지만 손에 착 감기는 승용차로 떠나는 국내 여행이다. 근처 유원지나 국립공원 경주, 동해안 7번 국도를 따라 그 연변에 널린 풍부한 관광자원, 그리고 남도 관광지 등지가 내 리스트에 줄줄이 올라 있다. 삼천리가 매력이 넘치는 금수강산이다.

좋은 일을 맞이하면 상상하기도 싫은 악몽이 실에 꿰인 듯 딸려 나오는 것을 호사다마好事多魔라 하였지. 조용히 달리는 드라이브길에 아내는 문득 해묵은 실타래를 억하심정으로 풀어낸다. 청솔가지가 타며 내뿜는 맵고 독한 연기를 쐰 것처럼 내 가슴도 먹먹해진다. 친척들은 자식을 대처에 유학시키겠다고 너도나도 갖다 맡기는 걸 매정하게 뿌리치지 못했다. 하긴 나도 중학 시절을 외가에서 유학한 부채의식이 마음 바닥에 깔려있기 때문인 것 같다. 이런저런 빚을 갚느라 아내의 속은 숯덩이가 되어도 몇 번은 되었을 것이다. "그땐 그랬지" 하고 맞장구 말고는 딱히 할 말이 생각나지 않는다. 최선의 위로는 공감이라 하지 않던가. 지금 같아서는 내가 눈 딱 감고 방어막을 쳤을 텐데 하는 생각이 들지만 다 지나간 일이다.

시집살이는 또 어떤가. 농번기면 시어른이 짓는 농사일을 도와 드리랴, 올망졸망 딸린 내 새끼 건사하랴, 시댁 여섯 남매 거두랴, 눈물 콧물이 마를 날이 없었다. 회한의 그림자가 그의 가슴 깊숙이 석회로 침전되었을 것이다. 아내도, 나도 이기적으로 단호한 데가 없어 삶이 고달팠다. 남편이라는 이름을 짊어진 자신이 무력했음에 자괴감이 차오른다. 삶은 돌부리에 걸려 넘어지기도 하고, 산굽이를 돌 때 어지러워하기도 했으며 차디찬 개울도 건너야 했다. 도돌이표가 없는 열차는 너무 멀리 와버렸다.

돌이킬 수 없는 회한과 시위를 떠난 화살이 낸 생채기를 어떻게 보상할 것인가. 평지 길로 내려선 제3막부터라도 장애물 없는 진짜 소풍 같은 날들로 채워가고 싶다. 뾰족한 방도가 떠오르지는 않지만, 내 궁색한 선택은 여행을 자주 떠나 작은 행복으로 앙금을 희석하는 것도 한 방편이 될 것 같아 마음이 조금 놓인다. 늦은 소풍이지만 아름다운 정경을 폰갤러리에 걸어 놓고 심란할 때면 앨범을 뒤적이며 영혼을 맑히리라.

(2021)

백수의 과로

'백수가 과로사 한다.' 는 말은 은퇴자 세계에서 흔히 회자는 말이다. '백수'는 백수건달白手乾達의 준말로 '아무것도 없는 멀쩡한 건달'이란 뜻이나 여기서는 하는 일 없이 서성이는 은퇴자들을 희화한 단어이다. '백수'와 '과로사', 얼마나 절묘한 역설의 조합인가.

이른바 평생교육 프로그램이 다양한 형태로 각종 기관과 단체의 문화센터에 개설되어 주부들과 은퇴자들의 입맛을 돋운다. 생계의 포로가 되었던 직장시절에는 정해진 궤도 이외는 곁눈질할 겨를이 없다가 굴레에서 해방이 되자 평소에 못다 이룬 욕구가 봇물처럼 밀려온다. 처음에는 이것저것 주워 담다가 되레 과부하가 걸려 짐에 눌려 끙끙대는 지경을 기막히게 빗댄 말이라 폭소를 자아내는 '경구'이다.

정년퇴직을 하고 첫발을 디딘 곳이 서실이다. '주자십회朱子十悔' 를 반듯하게 쓴 병풍 한 점을 '가보'로 남길 것을 꿈꾸며 문방사우와 교유하였다. 그리고 삶의 족적을 기록으로 남기고자 문예반에서 수업 받는 시간은 그래도 편안하고 행복하다. 또한 삶의 격을 가다듬고자 예절 강좌에도 발을 디뎌 보고, 건강도 챙기려 등산클럽에 나가 대자연과 함께 호흡하기도 한다. 각종 친목 모임을 위시하여 컴퓨터반, 문화유적 답사, 박물관 대학, 텃밭 농사 등등 영일이 없을 정도로 스케줄이 빼곡하다.

최근에 벌인 일이다. 손주들이 자라는 모습을 담아 동영상으로 편집하는 데는 디지털 캠코더가 필요하다는 핑계로 넌지시 제안해보았더니 아내는 의외로 수월하게 응낙을 했다. 남편의 전유물 장만에 거액을 쏟는 일은 아내의 동조 없이는 불가능한 일이다.

"얼마 남지 않은 인생인데 그렇게 소원이라면 해보라지…."

라고 한 술 더 떠서 보태는 바람에 내 기氣는 하늘을 뚫는 기분이다.

'컴퓨터, 캠코더, 디카, 엠피쓰리… 당신 노리개가 참 많아 좋겠다'고 한다.

감당도 못하는 것을 무한정 벌이고만 있는 남편을 아내는 못마땅해 한다. 사실이 그렇다. 모임을 힘들게 주선해가는 이의 체면을 보아서 차마 인연을 끊지 못하고 무리하게 몸을 부리는 경우도 몇 가지가 있다.

평생교육 프로그램들은 소양과 취미활동을 통하여 자아를 성취한다는 기치를 내 건다. 각기 지닌 소질과 취미에 맞출만한 재미있는 메뉴는 여유 있는 사람들의 호기심을 끌만하다. 많은 수요자들에게 있기 쉬운 호기심 과잉 현상은 나만의 일이 아닌 성 싶다. 수 십만 원을 들여 구입한 악기로 덜렁 덤볐던 레슨을 서너 번 만에 도중하차하는 사례도 보았기 때문이다. 이런 해프닝은 나에게 동병상련으로 다가와 위안이 되기도 한다.

선택과 집중이 잘 안되어 어지러움은 있지만 이토록 의욕이 왕성한 나의 내면은 아직은 그다지 늙지 않았다는 증거가 된다.

'서당개 3년이면 풍월을 읊는다'고 했건만 문예 창작반에 몸담은 지 두어 해가 바뀌도록 아직 몇 편 건지지 못했으니 능력의 바닥을 보는 듯하여 씁쓰레 하다. 몸이 이렇게 부산하고 영혼이 들떠 있는데 필연을 부정할 수 있으랴.

내게 걸려 있는 과부하에 고민이 깊어진다. 텃밭에 흩뿌려놓은 씨앗이 싹이 터서 서로 몸을 비집고 솟아오르듯 분출하는 호기심을 자제하지 못한다. 솎아 주지 않으면 폐농할 수밖에 없지 않은가.

내게 절실성이 덜한 분야는 그만 두기로 했다. 조심스럽게 짐을 하나씩 부려 본다. 컴퓨터 프로그램의 허섭스레기를 포맷하듯 내 생활의 여유 공간을 늘여서 몸과 마음을 정돈할까 보다

얼마 전 수도권에 사는 며느리가 출장을 가게 되어 아내와 함께 나흘간 손주 봐주러 아들네 집엘 갔다. 우리 내외만 남은 낮 시간은 휑하기만 하다. 책을 뒤적이고, TV와 인터넷을 뒤져 봐도 신통한 구석이 없고 그저 무미함과 무료함을 어찌하지 못한다. 사방을 둘러봐도 낯설다. 대구 집에 돌아 갈 조바심만 온 몸에 퍼진다. 여러 모임의 익숙한 이웃들의 정나미가 그립다. 과로에 지칠망정 빼곡한 일정이 그래도 좋다. 이처럼 한유閑裕함은 사람을 고독의 늪에 빠뜨리고 늙음을

재촉할 촉매임을 깨닫는다. 그로 인한 무기력은 삶의 의욕과 정열을 떨어뜨리고 육신을 유약柔弱으로 몰아낸다.

어떤 친구는 말한다. 늙어서 머리 아픈 일을 왜하느냐고.

가만히 있으면 좀이 쑤셔 못 견디는 천성 때문만은 아니다. '다른 의식자가 아닌 자기 자신의 의식 또는 관념이 자아自我'이고, '자아, 그 본질의 완성과 실현을 최고선으로 삼는 것이 자아실현自我實現'이라고 국어사전은 풀이하고 있다. 나는 내가 좋아하는 일을 내 멋에 겨워 몰두하는 것이야말로 내게는 소중하다. 비록 아둔한 몸짓으로 깊은 경지를 파 일구지 못할지라도 상관이 없다. 조그만 성취감에라도 젖어드는 순간들이 늙음을 지연시킬 불로약이 아닌가.

과로사를 걱정할 만한 위인에게는 아직 잿불이 살아 있다. 하고 싶은 일에 몰두하는 백수의 고달픔은 보약의 쓴 맛과 같이 내 몸에 새 기운을 되살리는 '청심환'이라면 과장일까.

(2008)

소복재근小福在勤

살아생전 아버지는, 일제 때 사할린 탄광 징용으로 고생하신 이야기를 가끔 들려주셨다. 지하 수백 미터 막창을 오르내리며 석탄을 져 나르다 보면 러닝셔츠와 어깻죽지가 달라붙어서 살점이 떨어질 지경으로 고생을 하셨다는 뼈저린 경험담이었다. 그러시면서 자식들에게 세상을 살아가려면 피나는 노력을 하지 않으면 안 된다는 메시지를 잊지 않으셨다. 명절 때 아들 딸, 손자 손녀들을 불러 모아 놓고는 덕담과 함께 빼놓지 않은 말씀이다.

'성현의 말씀에 대복大福은 재천在天이요, 소복小福은 재근在勤이라….'

이러실 때마다 능글맞은 손녀 한 녀석은 '에- 할아버지 또 그 말씀….' 하며 무엄하게도 넌더리를 낸다.

당신께서는 3형제 중 막내로 태어나셔서 보잘것없는 응달 밭 두어 마지기를 물려받았을 뿐 맨손이다시피 했기에 오로지 근면만이 살길임을 일찍부터 강하게 각인시키고자 하신 것이다. 당신의 소생이 7남매나 되니까 근면과 내핍이야말로 유일한 자산이라고 생각하셨던 것 같다.

해방이 되자 징용에서 풀려나 오사카에서 게다 공장을 경영하셨다. 귀국해서 고향집 상방上房 윗목 구석에 양말 기계 달랑 한 대로 초미니 양말 공장을 차리기도 하셨고, 산판山阪, 갈저(칡을 삶아 내피를 채취해서 벽지 원료로 수출)공장까지 돈 되는 일이면 닥치는 대로 하셨다. 당시 갈저공장으로 인하여 칡넝쿨 채취와 가공으로 풀어놓은 노임은 돈이 메마른 초여름 농촌의 인근 주민들에게는 여간 요긴한 수입이 아닐 수 없었다. 식량조차 잇기 어려웠던 소농에 일용돈 만져보기가 하늘에 별따기인 농촌에 농외소득 창출에 일조를 하신 것이다.

아버지의 뚝심과 근면성 하나로 아홉이나 되는 식솔의 의식주를 꾸리고 자식들을 학교엘 보낼 수 있었다. 요즘 사람으로선 엄두도 못 낼 벅찬 일이었다. 우리가 간혹 화투놀이를 하다가 들키면 돌벼락을 내리셨고, 당신 또한 음주나 기박을 멀리하셨으며, 허투루 돈 쓰는 일은 무엇보다 싫어하셨다. 쇠죽솥에 불 지펴놓고 아침저녁으로 우리에게 천자문을 가르치셨고 새끼를 꼬아서 가마니 치기, 멍석짜기, 땔나무하기, 틈이 나면 무슨 일이든 만들어서라도 잠시도 한눈팔지 않으시는 모습을 보며 우리들은 자라왔다.

나는 중학 시절을 사십 리 떨어진 외가에서 기식하며 보냈다. 외삼촌께서는 한약을 다루셨다. 잔병치레를 자주하는 아들을 한의원에 맡기게 되어 더없이 미더워하신 것이다. 쌀 몇 말만 대주면 하숙비(?)를 가름할 수도 있어 경제적인 부담도 덜 수 있었다. 더군다나 외삼촌의 한학과 덕망은 자식을 맡기는데 금상첨화인 것이다. 방학이 끝나고 개학 전날쯤이면 우리 부자는 쌀을 나누어 짊어지고 외가엘 간다. 아마 아버지는 두어 말, 나는 닷 되쯤 됐을까. 마을길을 지나고 들길을 거쳐 개울과 산모롱이를 몇 굽이나 돌아 군위군과 선산군의 경계인 땅재에 당도한다. 가쁜 숨을 몰아쉬며 고갯길을 힘겹게 오르면 낙동강 세찬 바람이 서낭재에 마중을 나와 범벅이 된 온몸의 땀을 시원하게 말리어 주었다. 휴식을 끝내고 다시 발걸음을 재촉하여 멀고도 깊은 계곡을 휘젓다 외가에 도착하면 저녁때가 된다.

책상머리에 앉기만 하면 늘 그랬듯이 졸음이 엄습해 오고 만사가 귀찮아진다. 나에게는 자기와의 싸움에서는 으레 꺼내는 각성제가 있다. 자식을 공부시키겠다고 무거운 등짐을 지고 사력을 다하여 가파른 재를 넘나드시던 아버지, 징용 때 겪으셨다는 극한 상황을 상상의 파노라마로 떠올리면 정신이 번쩍 들곤 했다. 또한 삼복 찜통더위에 우리 부자는 무논에 엎드려 세 벌 논매기를 할 때면 억센 볏 잎에 눈이 찔리고 땀 물이 눈에 스며들어 따갑고 가려워 농삿일은 덧정이 없어진다. 나는 이렇게 힘든 농사꾼은 안 되어야지, 게으름과의 싸움에서 져서는 안 되지 하고 끊임없이 자신을 채찍질하며 긴장을 늦추지 않았다. 이를테면 고된 체험이 분발의 촉매로 작용했다고나 할까.

K시에 근무할 때였다. 국전에 입선한 어느 선생님에게 부탁하여 아버지로부터 늘 들어오던 말씀을 예서隷書로 받아 거실에 걸어 두었다.

드디어 가훈이 등장하게 된 것이다.

「大福 在天 小福 在勤」

즉 큰 복은 하늘의 뜻에 달려 있고, 작은 복은 부지런함에 달려 있다는 뜻이다.

하나 우리 집 막내는 도무지 가훈을 아랑곳하지 않는다.

가훈의 뜻과 당위성을 새겨주었건만 오불관언吾不關焉이다.

내일 시험이라도 딴전을 부린다. 요량도, 선후 완급도 없다. 눈앞에 닥친 일을 적극적으로 대처할 생각은커녕 엉뚱한 일에 시간을 허비한다. 선택과 집중이 안 된다. 취업 전선에서도 특정 기술직만 고집할 뿐 다른 일자리는 거들떠보지도 않는다.

자격증 취득을 준비하라고 교재를 구해 주었다. 시험이 임박했는데도 학습 진도는 제자리였다. 여전히 컴퓨터 게임에만 몰두하고 있을 뿐이다.

제가 붙어사는 컴퓨터의 모니터 윗면에 경구警句를 하나 써 붙여 보았다. 눈치가 있으면 깨닫겠지 하고.

성공하는 삶의 핵심은 소중한 것을 먼저 하는 것이다. 실제로 대부분의 주요 목표가 달성되지 못하는 이유는 소중하지 않는 것을 먼저 하는 데 시간을 쓰기 때문이다.

–로버트. j. 멕케인

며칠을 기다렸다. 혹시나 했더니 역시나다. 깨우치리라는 기대는 수포가 되었다. 심장이 찢어질 듯 미운 정이 솟구쳤다. 전생에 지은 악연의 응보일까. 또 한 번 가슴을 진정시킨다.

그래도 제 엄마가 사주四柱를 보았더니 장차 부모에겐 잘할 사람이란다. 지금 봐서는 가당치도 않은 얘기다. 굽은 소나무가 선산을 지킨다고? 비록 지금은 캥거루족일지라도 우리 내외의 육신 거동이 어려울 때가 되면 천사로 변신하려나.

따진다면 아비의 유전 인자가 배어 있음에 어찌 '네 탓이오' 만을 한탄하겠는가. 심금을 울릴만한 호흡 한 번 제대로 맞춰보지 못한 '내 탓'이 더 크겠지.

가훈? 경구? 부뚜막의 소금도 집어넣어야 짠 법.

마음에 없으면 보아도 보이지 않으니 쇠귀에 경 읽는 수고로움을 계속해야 할지 말아야 할지. 지근에서 생활해 온 아비가 자식 하나 제대로 인도하지 못한 무능함에 자괴감을 떨칠 수 없다. 한평생 교육을 논했지만 자식 맘대로 안 된다는 옛말을 넘어설 수 없는 한계에 멈춰 서버렸으니 가슴이 먹먹하다.

「대복大福 재천在天 소복小福 재근在勤」

가훈은 지금도 거실 벽 한쪽에 빛바랜 채 제명을 다한 듯 졸고 있다.

(2006)

※ 2022년 현재 나름 앞가림을 잘해서 안도된다. 아비가 걱정이 되는지 "제 아버지가 운전하십니다. 양보 운전 감사합니다."란 경구를 내 승용차 뒷유리창에 붙여 주었다. 사주가 맞는 것 같기도 하다.

오, 몽환경구여

여행은 설레는 일이다. 기다림이 간절할수록 시간은 더디 간다. 세월의 빠름을 늦추려면 좋아하는 일과 즐거울 만한 일을 요량해 놓으라는 말도 있다.

기다리고 기다리던 황산黃山에 오른다.

'오악五嶽을 보고 돌아오면 일반 산들이 산으로 보이지 않고, 황산을 보고 돌아오면 훌륭한 오악마저도 안 보인다.(五嶽歸來不看山 黃山歸來不看嶽)'라고 어느 여행가가 황산을 극찬하였고, 도저히 그 아름다움을 표현할 길이 없어 화가들은 붓을 놓고, 시인들은 할 말을 잃었다는 곳이라기에 더 끌리었다.

황산 사절四絕로 기암괴석과 소나무, 운해와 온천을 든다. 운곡雲谷케이블카 양쪽 능선에 늘어선 절경에 잠시도 눈을 떼지 못한다. 태초에 조물주는 황산에다 장난기 어린 일을 벌여 놓은 것은 아닐까. 산중허리쯤에 거대한 바위 덩이를 포개어 사람의 상반신을 만들어 세웠고, 수많은 돌기둥과 회백색 바위산의 위태위태한 자리마다 양팔을 늘어뜨린 소나무를 앙증스럽게 심어 놓았다.

흐린 날을 피해 왔지만 이날도 황산은 함부로 속살을 드러내지 않았다. 오를수록 짙어 가는 안개가 운곡雲谷을 잘 설명해 주었고, 그 장관은 드레스를 휘감은 신부의 실루엣으로 우리를 맞이하고 나섰다. 케이블카 종점에 이르자 여기부터가 신의 영역인가 싶도록 딴판이다. 자욱한 안개가 길을 막았고 황산의 경외敬畏로운 기운이 지그시 우릴 누른다. 온전히 황산에 안기려고 옷매무새를 여미고 신발 끈을 고쳐 매는 통과의례를 치른다.

1979년 등소평의 결단으로 이 산에 20여 년에 걸려 14만여 개의 계단과 잔도를 만들어 길을 열게 되었다. 에밀레종에 애처로운 희생이 녹아 있듯이 이 길은 감형을 조건으로 한 죄수들의 처절한 생존에의 기구祈求가 새겨진 역사役事였던 것이다. 수직 절벽에 구멍을 파고, 기둥을 박아 넣어 교각을 만들고 바닥 받침대 위에 돌 널판을 올린 형태가 잔도棧道였으니 그들의 운명 또한 벼랑 끝에 대롱대롱 매달린 슬픈 존재였다. 사람들은 불가사의한 일에 쉽게 경탄하지만 그 사연에 대해서는 남의 일이기 일쑤다. 그 희생에 대한 보상을 우리가 받고 있는 셈이니 아이러니가 아닐 수 없다.

사철 안개로 자욱한 계곡들을 숫제 운해雲海라 별칭해서 동해, 서해, 북해로 나눈다. 황산에서 가장 신비롭다는 서해대협곡西海大峽谷을 탐방한다. 천 길 낭떠러지를 발밑에 두고 아슬아슬한 잔도를 따라 신의 정원으로 다가간다. 신경줄을 다잡으며 안개 커튼을 젖히고 한 발짝씩 옮겨간다. 바위를 쪼아 만든 가파른 계단과 제비집 같은 잔도는 인간 능력의 한계를 무너뜨린 기예의 산물이다. 여기가 꿈속에서나 볼 수 있다는 '몽환경구夢幻景區'다. 기이한 정경에 발바닥은 잘 떨어지질 않았고 입은 다물어지지 않는다. 속세와 단절된 무아경에 빠져 가벼운 현기증이 일고 환영幻影이 망막 스크린에 펼쳐진다. 공룡이 긴 날갯짓으로 기암괴석 사이를 유영하고, 선녀들이 비단 옷자락을 펄럭이며 사뿐사뿐 날아다닌다. 바다 속 깊숙이 거북이가 헤엄쳐 용왕을 배알하는 모습도 환상 속에서 어슴푸레하다. 황산 어디에나 흔하지만 화강암 골산은 소나무의 뿌리를 품은 어머니의 자애로운 모습이다. 소나무는 촉촉한 '운해雲海'라는 젖을 먹고 자란다. 운해와 기암괴석이 빚어 낸 판타지의 완결판이라 해도 좋겠다. 내가 저승에서 두 어른과 해후한다면 먼저 이 몽환경구로 모실 것이다. 즐거워하시는 모습을 뵈면 무거웠던 회한의 질곡에서 해방될 것 같기 때문이다.

아버님 생전에 내게 서운해 하신 말씀 중 아직도 걸리는 게 있다. "누구네는 제주도 여행비를 대 주는데 너는 뭘 했느냐."는 말씀이다. 그 순간, 죄책감으로 납덩이가 되었고 쥐구멍을 찾고 싶었다. 내가 왜 그네처럼 미처 그 생각을 하지 못했을까 하는 자괴감이 나를 마구 패대기쳤다. 그 후 두 어른과 고모 두 분을 비롯하여 우리 형제자매들과 함께 관광버스를 대절하여 난생 처음 나들이를 다녀옴으로써 조금이나마 자신을 추스를 수 있었다.

어른들은 맏이의 책무성을 어릴 때부터 줄곧 세뇌해 오셨다. 건강을 돌보아드려야 했고 농비를 보태야 했다. 모심기며 추수철이면 아내는 어린 아이들을 데리고 으레 몇 주씩 농사일 돕기로 골몰하다가 부엌강아지 몰골이 되어 돌아오곤 하였다. 개구리 짐 받듯 힘겨운 맏이 노릇은 늘 결핍의 연속이었다. 처지가 이러하니 미처 여행을 챙겨드리지 못한 것이다.

제3의 인생을 사는 동안 형편이 좀 나아졌다. 설악산과 지리산을 올랐고 문화답사도, 해외도 더러 다녀왔다. 숱한 감동적인 정경에 환호하였고 소박한 아름다움에도 만족할 줄 알게 되었다.

사람은 감동적인 순간에 행복해진다. 숲 속에서 명상을 할 때였다. 안내자는 지난날 가장 행복했던 순간을 떠 올려보란다. 과연 심신이 편안했고 시나브르 평정에 들었다.

번잡한 세상살이에 어찌 근심걱정을 죄다 떨칠 수 있으랴. 내 뇌리에는 감동적인 풍광을 간직하는 앨범이 한 권 있다. 설악산 수렴동계곡과 지리산 칠선계곡, 그리고 소소한 정경을 담아 온 앨범이다. 여기에 새로이 황산을 추가한다. 어수선할 때마다 앨범을 뒤적여 행복을 다운로드 받으리.

(2013)

유지경성有志竟成

말을 강가로 끌고 갈 수는 있어도 억지로 물을 먹일 수는 없다. 좋아하는 일에 빠진 사람은 몰입에서 행복을 누린다고 한다.

수업 시작은 열 시인데 아홉 시가 되면 거지반은 출석하여 화구를 펼쳐 놓고 뭔가를 열심히 그려대는 모습이 신기할 정도다. 억지로 시켜서 하는 일인가, 좋아서 하는 일엔 신명이 묻어난다.

복지관 평생교육 프로그램 중 서예를 비롯하여 사군자, 악기 연주 등이 눈에 들어왔다. 객쩍다는 소리를 들을 정도로 복지관을 들락거리다 보니 내 세월은 화살에 얹혀서 날아 온 느낌이다.

은퇴하자 곧장 서예 교실을 노크했다. 묵향을 가까이한 지 몇 해가 흘렀건만 필력은 제자리에서 맴돈다. 내 안의 수맥도 가늠 않고 우물을 판 때문이리라.

비 온 뒤 죽순 돋아나듯 노인을 상대로 한 평생학습 프로그램이 도처에 늘려있다. 생업의 굴레를 벗어난 노년들이 다시 활력을 펼칠 수 있는 실버 학교들이다. 행정복지센터를 비롯하여 농협, 마을금고, 신용협동조합 같은 금융 점포에 이르기까지 평생 학습 수강생을 불러낸다.

오래 기웃거리다가 내 마음이 머물게 된 곳은 문인화 교실이었다. 예로부터 매화, 난초, 국화, 대나무의 생태가 선비의 덕성과 기개를 닮았다 하여 사군자로 격을 매겼다. 그래서 선비들은 사군자를 통하여 곧잘 각자의 내면을 표출한다. 흙 없이 난초 포기만을 그려 몽고족에게 국토를 빼앗긴 설움을 표현한 원나라의 사대부 정사초가 있었고, 애지중지하던 관기 두향에 대한 연정을 난분에 이입해 옛정을 간직했다는 퇴계가 있다.

뒤늦게 문인화를 접하게 된 것은 선비들의 고고한 정취에라도 젖어 보는 게 어딘가 싶어서다.

연전에 선배 한 분으로부터 두 점의 문인화 작품을 선물 받았다. 처음 것은 난을 그린 부채였고, 또 하나는 축하 족자였다. 그 작품이 와 닿았던 것은 그분의 인품과 나에 대한 관심이 녹아 있었고, 필치 또한 고결해 보였기 때문이다. 난을 친 부채는 옛 선비의 실루엣이 드리워진 듯 멋스러웠다. 또 한 작품은 수필 천료를 축하하는 족자였다. 청청한 솔가지가 늘어진 사이로 껍질이 게딱지를 덧댄 것처럼 덕지덕지 소나무 둥걸을 감싼 수묵 담채화였다. 거기에 '뜻이 있어 마침내 이룬 것'을 치하하는 유지경성有志竟成이라는 화제를 행서로 내리 휘호한 족자가 내 마음을 흔들었다. 내 안에도 저런 끼가 있을까 하는 강한 호기심이 내 손목을 잡았다.

문인화 교실이다. 체본을 관찰하며 정신을 가다듬는다. 주저와 떨림이 교차하는 순간순간이다. 새하얀 화선지에 붓을 마음먹은 대로 움직여야 하는데 먹물은 감당이 안 되게 흘러내리고, 붓을 어디로 끌고 가야할지 우왕좌왕하는 사이에 화지에는 이미 돌이킬 수 없는 얼룩만 남아 낭패를 거듭한다. 감히 선비의 경지를 함부로 넘보다니? 하는 꾸짖음과 함께 젊은 날의 자화상을 보는 듯하여 움찔한다.

서당 풍월 삼 년에 보는 눈이 조금씩 열리고 붓질에 탄력이 약간씩 느껴진다. 각오를 다지고 감히 공모전에 도전해 본다. 은퇴 후 언제 이처럼 치열해본 적이 있었던가 싶다. 젊은 날의 의기가 되살아나고 가속도가 붙는다. 반신반의했던 기대가 현실이 되자 가라앉았던 자존이 기지개를 켜고 활력이 버들가지 물오르듯 차오른다.

사무엘 울만의 시 〈청춘〉이 응원한다. "누구나 세월만으로 늙어가지 않고/이상을 잃어버릴 때 늙어가나니." 늙어도 이상을 잃지 않으면 청춘이라고.

연말 회원전이 열렸다. 표구된 작품들이 더 빛나 보였다. 모처럼 생기가 이는 장면이다.

이른 철부지 시절부터 교편을 천직으로 받들며 살아오다가 한때 권태와 회의에 빠져 진로 변경을 시도했지만 뜻은 이루지 못했다. 하지만 그 실패가 새옹지마가 되었기에 망정이지 숫기도 없는 위인이 험한 세파에 휩쓸리지 않은 게 얼마나 다행인지 모르겠다. 한 우물만 판 결과다. 평생학습 종목 고르듯 오래도록 방황했더라면 많은 시행착오로 허송했을 것이 분명하다. 뜻을 세우는 일은 연습 없는 인생 설계의 성패를 가르는 가장 중요한 과제가 아닌가.

중국의 이름난 화가 제백석은 아흔 네 살, 수를 다할 때까지 붓을 놓지 않았다고 한다. 한 세기를 관통하면서 청춘의 열정으로 예술에 신명을 바친 그를 선망하며 '제 멋' 하나를 건지고자 발을 디딘 것으로도 행운이다.

영육이 비워져 휑뎅그렁한 만년이지만 묵향으로 허허로움을 채울 거리를 찾았으니 보람이 아닌가.

선배가 준 휘호, '유지경성'이 화선지 위를 너울너울 스치며 사라진다.

(2019)

이방인과의 동거

조물주의 불공평에도 좌절하지 않고 패자 부활할 수 있는 세상이다. 자연 미인이란 단어가 생겨난 것도 인위적으로 만든 인조 미인이 늘어나면서부터다. 경제가 받쳐주고 마음만 먹으면 미인의 반열에 오르는데 불가능은 없을 듯하다. 졸업을 앞둔 겨울 방학 기간에는 남녀 구분 없이 젊은이들로 성형외과가 문전성시를 이룬다고 한다. 얼굴은 취업과 결혼에 이르는 무시 못 할 부분이기에 누가 그들의 선택을 가벼이 여길 것인가.

나의 아둔한 눈썰미 탓도 있겠지만 TV에 등장하는 예쁘다는 여자들은 그 얼굴이 그 얼굴로 누가 누군지 헷갈리게 한다. 예전 기억으로는 선뜻 감이 잡히지 않아 아내에게 묻기 일쑤다. 복제 미인의 범람이라고 하면 지나친 표현일까. 우리나라 여성들이 아름다워지는 것은 국운이 융성할 징조라고 누가 말한 적이 있다. 온 나라가 환해지는 느낌이 들고 생동감이 이는 것 같아 공감이 가는 말이다.

우스개 소리는 시대를 반영한다. 인터넷에 떠도는 유머로 한국 사람이 워낙 성형을 많이 하는지라 저승 들어갈 때 신분 구분이 어려워 '얼굴 자동 인식 시스템'을 설치하고 있다는 이야기가 있다.

유아 전통 예절 교육 사업을 벌이는 클럽에 몸담고 있다. 한해를 결산하는 평가회가 열리는 날, 조별 장기 자랑이 치열하였다. 나는 우리 조의 경연 기획과 연출을 자청하였다. 찜질방과 성형수술이 성행하는 우리 사회의 세태를 풍자한 내용에다 '장수 아리랑'을 덧대어 각색했다. 장수 아리랑은 아리랑 가락에 맞추어 개사를 했다. 이를테면 "60에 저승사자가 날 데리러 오거든, 얼굴 성형 아까워서 못 간다고 전해라" 와 같이. 경연에서 최우수 입상을 하고 다른 무대에 찬조 출연까지 나서기도 하였다.

나는 외모에 자신이 없다. 별다른 매력이 없는지 사람들의 주목을 끌지 못하는 것은 물론 친근하게 접근하는 이도 드물다. 그래서 '얼굴 보고 이름 짓는다'는 말에 심한 거부감을 갖는다. 얼굴처럼 못난 사람이라는 평판이 두려워 '뚝배기 보다 장맛'을 지향했는지 모른다. 거울 속을 한참 들여다봐도 내세울 데를 찾지 못한다. 그러나 유일한 팬은 아내다. 선을 볼 당시 나는 깡말라 있었건만 P대통령을 닮은 인상이었다니 시쳇말로 '뿅 갔다'거나 '필Feel'이 꽂혀 인연이 닿은 것 같다. 그녀의 착시가 아니었다면 내 운명은 어떻게 되었을까. 감사한 일이다.

누구에게나 한 때는 있는 법이다. 생의 정점이던 모습을 간직할 겸 훗날 검은색 리본을 둘러쓰게 될 사진을 미리 준비하고자 아내의 제

안으로 동네 사진관엘 갔다. 정장 차림에 훈장까지 달고 의자에 앉은 독사진을 찍는데 사진사는 이리 저리 열심히 찍어댔으나 의도한 그림이 잘 안 나오는지 고심이 묻어나는 기색이다. 렌즈는 거짓도 눈치도 없이 사진사를 괴롭혔다.

며칠 후에 사진을 찾으러 갔다. 궁금했던 사진 속엔 내가 아닌 다른 사람이 들어 있었다. '원판 불변의 법칙'은 옛말이 되어버려 사진사의 배려가 지나친 것 같았다. 후덕한 인물로 재탄생시켜 줬지만 실물과는 한참 멀어져 있어서 '나'라고 하기엔 무척 낯설었다. 수정이 지나치게 작위적이지 않느냐고 했더니 입 꼬리가 처져 있고 볼이 패여 손을 쓰지 않을 수 없었다는 게 '전문가'의 견해다. 보정한 여러 그림파일 중에서 썩 내키는 게 없어서 망설였다. 다시 찍자고 하기도 미안해서 차선으로 낙점해 버린 게 영 개운하지가 않았다. 마뜩찮은 상품에 만만찮은 대금을 치르자니 억울한 마음도 들었다. 하지만 미화해 준 사진이 꼭 싫은 것만은 아니었다.

그날부터 나도 아니고 남도 아닌 이방인과의 동거가 시작되었다. 한번 보고 두 번 보고 시간이 갈수록 내 시각은 누그러졌다. 내가 의기소침할 때면 "내가 있잖아?"하고 사각 틀 안에서 말을 걸어온다.

책상 서랍 속에는 증명사진이 여러 종류가 들어 있다. 졸업앨범 사진을 찍을 때 전문가들이 찍어준 것과 디지털 카메라로 내가 찍은 사진이 섞여 있다. 어느 단체의 가입 원서에 붙일 사진을 고르던 날이다. 보정 사진에 식상하여 디카로 찍은 '생얼'을 쓸까 하여 유심히 살펴보았다. 반백에다 세월의 흔적이 안면을 점령한 이 사진은 밀짚모자를 벗어 든 촌로의 모습, 내 모습 그대로였다. 마음과는 달리 선뜻 선택할 수 없는 할아버지 얼굴이었다. 진실이 늘 아름다운 것만은 아니다. 다시 붓질한 사진을 들고 망설인다. 분홍색 넥타이에 짙은 감색 양복 차림, 탄력과 혈색, 피부색이 젊어 보이고 깔끔하다. 이 사진이 채택되었다. 콤플렉스를 단숨에 날려버리고 빈 가슴에 훈훈한 위안을 채워준다. 잘나 보이려는 인간의 속성에서 한 발짝도 벗어날 용기가 나에겐 없는 모양이다.

가끔 아내가 본 준수한 남정네를 입에 올릴 때면 으레 내 열등의식만큼 못마땅해한다. 하지만 아내의 코디를 받고 외출하는 날, "당신, 멋있어요." 하고 던진 한 마디에 금방 춤추는 고래가 된다. 짐짓했던 아내의 칭찬이나 사진 성형이나 과장되기는 마찬가지가 아니겠는가. 내가 저승 갈 때 민얼굴로 가기에 망정이지 성형된 사진으로 본인 여부를 가린다면 저승사자가 문책받거나 얼굴 자동인식 시스템의 검증을 받거나 둘 중 하나일 것이다.

고단한 삶에서 위안이 될 수만 있다면 원판만을 고집할 이유가 있을까 싶기도 하다. 사진이나 실물이나 삶의 기운을 돋우어 주는 성형, 나는 지금 예찬론자로 변신 중이다.

(2012)

텃밭지기

우리 아파트 단지 앞에는 단독주택 부지로 구획 지어진 빈 터가 있다. 주민들은 이 땅을 무주공산이라도 점령하듯 너도나도 뒤질세라 텃밭을 일구어서 원하던 소채류를 갖추갖추 심어놓고 애지중지한다.

산책로 옆에는 누군가가 밭이랄 것도 없는 두어 평 남짓한 남새밭을 열었다. 지성으로 가꾼 배추는 왕성한 기운을 내뿜고, 무는 희고 풍만한 나신을 보란 듯이 흙을 밀치면서 솟아오르고 있다. 손을 탈 세라 네 귀퉁이에는 튼튼한 각목 기둥이 박히고, 교도소 담장을 방불케 하는 삼엄한 철조망이 둘러쳐진다. 한 자락의 터에 많게는 네댓 집이 엉겨 붙어서 파낸 돌과 자갈로 경계를 짓고, 온갖 푸성귀로 수를 놓는 모습이 소꿉놀이임에 영락없다.

정성에 비례하여 뿌린 것 이상으로 땅은 대답한다. 그래서 땅은 정직하다고들 말한다. 텃밭은 이웃과 비교되어 주인을 분발시키기에 십상이다. 주인의 과욕인지 누렇게 뜬 것도 있고, 주체할 수 없는 몸집을 힘겹게 지탱하고 있는 것도 보인다.

흙에서 나서 흙으로 돌아간다는 말을 사람들은 잠꼬대처럼 되뇌인다. 콘크리트 둥지 속에서 삶의 끈을 바투 잡고, 온통 회색의 삭막함으로 현기증을 앓고 있다. 모두 흙냄새를 맡고 싶은가보다. 초록의 싱그러움과 생명력에 위무를 얻고 싶은 것이다. 우리가 탄생한 생명의 땅, 그 살진 흙으로 되돌아가고자 함이 아닌가.

40여 년 전에는 전체 인구의 절반을 넘던 농촌 인구가 7% 이하로 줄었으니, 도시 이주민의 대부분이 농촌에 대한 향수를 달고 사는 셈이다. 푸른 생명을 창조하는 것이 흙이니 도시인은 구도라도 하듯 흙을 찾아 나선다. 사육과 재배는 쌍생아처럼 붙어 다니는 어휘이다. 동물을 사육하거나 식물을 재배하는 재미가 비슷하니까 엮어 놓았는지 모른다.

남의 텃밭이 부러워 아내와 함께 이틀 걸려 금호강 둔치에 텃밭을 일구었다. 대여섯 평 남짓하다. 밭둑 옆으로 도랑물이 흐르고 있으니 가뭄 걱정도 없다.

가슴 설레는 농사가 시작되었다. 상추, 시금치, 고추, 옥수수, 무려 여남은 가지다. 파종한 것은 싹이 트고, 어린 모종은 살음해서 새 움이 돋고 가지가 뻗어 나간다. 녀석들을 하루도 보지 않으면 궁금해서 조급해지기도 한다. 기다리던 비가 내린 뒤에는 생기를 얻어 톡톡해진 잎들이 더욱 소담스럽다.

꽃을 떨구고 금방 맺힌 애기 고추를 아름 가득 안은 고추나무가 한결 사랑스럽다. 소채들은 경쟁하듯 밭이랑을 덮었다. 선점해 일군 우리 밭은 우리 부부의 작은 소유욕을 채워 주어서 더없이 행복하다. 날마다 맑은 공기를 쐬면서 텃밭을 들락거리는 일상은 나의 육신에 꼭 맞는 보약이 바로 그것이었다. 이렇게 가꾼 푸성귀는 자족을 넘어 이웃에 적선하기도 한다.

7월 장마가 시작되었다. 간간이 내리는 비는 색시비다. 단비를 먹은 남새들이 생기를 더해 커가는 소리가 들리는 듯하다. 하루 뒤 태풍과 함께 큰 비가 온다는 일기예보를, 설마하고 간과한 것이 낭패의 단초가 될 줄이야. 순하기만 하던 하늘은 무엇에 진노하였는지 장대비를 이틀이나 내리 퍼부었다. 비가 그칠 무렵 강둑으로 달려갔다. 아뿔사. 황톳물은 우리 밭을 송두리째 할퀴고도 모자라 이웃 대추 과수원의 나무 허리께에 온갖 쓰레기를 걸쳐 놓고 거대한 물살로 돌진하고 있었다. 우리 밭을 수장시킨 그 물 위로 물오리 두 마리가 물살을 거스르며 영문 모르고 떠다니고 있을 뿐이었다. 아내와 나는 망연자실하였다. 설익은 강낭콩이라도 거둘걸, 애기 고추라도 훑을 걸…. 그것은 한 치 앞을 예단 못한 범부의 어리석음을 나무라는 절대자의 엄중한 질책이었다.

산골에 사는 누님 댁을 들른 적이 있다. 현관문을 내려서면 마당의 절반이 텃밭으로 변해 있어 차를 돌려 세우기가 쉽지 않았다. 앞 뒷들에는 당신네 논밭이 지천인데도 마당의 절반 가량을 일구어 고추와 들깨, 고구마를 가꾸고 있었다. 주책이다 못해 옹색해 보이기도 했다. 그러나 그건 도리어 나의 옹색한 생각일 뿐, 풀 뽑고 북돋우며, 벌레를 잡아주면 탐스럽게 열매 맺어 착하게 보답한다. 그만한 기쁨을 주는 것이 어디 흔할까. 그러기에 유순하고 정직한 흙을 보듬고 있는 텃밭에 애정을 쏟지 않을 수 있겠는가.

애들이 가까이 살면 좋을 텐데…. 아내의 입버릇이다. 남의 손에 애들을 키우는 제 어미의 고충을 헤아려 볼 때면 늘 걱정이 앞선다. 손주들이 자라나는 텃밭 가까이 가서 보듬고 기 살리며, 때맞추어 거름질도 하고, 가물면 물을 대고, 병마도 잘 막아주고 싶다. 철조망을 두르지 않아도 할애비, 할미는 든든한 안전망이 되어 줄 것이고, 줄기가 곧게 뻗도록 지주로 서 있기도 할 터이고. 올곧게 자랄 수 있게 비타민도 무기질도 알맞게 먹이며, 험한 항로를 밝혀 줄 등대 노릇도 달갑게 할 것인데. 사흘이 멀다 하고 빈발하는 어린이를 대상으로 저질러지는 사건을 보노라면, 더욱 안쓰럽고 가슴이 아려 온다.

집에서 먼 땅은 아무래도 손길이 덜 미친다. 문전옥답은 품 안과도 같아서 숨소리를 듣고도 모든 걸 알 수가 있다. 전답 중의 옥토가 문전옥답이다. 홍수도, 가뭄 걱정도 없는 문전옥답에서 자손을 기르는 것이 가장 큰 농사이다.

그 텃밭에 일손이 달린다면 아예 건사는 물론 텃밭지기로 다가가겠다고 제안할까 보다. 어미, 아비가 마음 놓고 생업에 전념할 수 있게 '텃밭 농사'를 새로 시작하는 일이 우리 부부의 가장 큰 소망이다.

뿌듯한 가슴으로 그 텃밭을 가꿀 날이 언제쯤일까.

(2007)

Ⅱ

살다보면

굽잇길 | 낙불가극樂不可極 | 난청 | 상실 | 상호 경연장 | 서백당書百堂 뜰에서 | 영원한 철부지 | 합제단 위패 | 항심恒心

굽잇길

60년대 고향은 정물 같았다. 하루 종일 자동차 한 대 볼 수 없는 외진 산골이어서 육지 안의 독도에 비견되던 오지였다. 고요한 풍광은 보는 이에겐 그림이지만 마을 사람들은 십리 쯤 걸어 면 소재지까지 나가야만 버스를 탈 수 있는 불편을 감수하여야 했다. 읍내 길은 큰물이 지면 물에 막혀 결행되었고, 삐거덕거리던 버스가 고장이라도 난 날에는 적막강산이 되곤 하였던 것이다.

어느 날 읍내 행 버스 안은 옆 사람의 땀내를 피해 고개조차 돌릴 수 없을 만큼 콩나물시루 같이 만원이었고, 꺼질듯 말듯 숨을 몰아쉬는 버스는 승객들의 기까지 보태주어야 고갯마루를 넘을 수 있었다. 그날 탄 버스가 핸들 고장으로 급경사 길에서 우레 같은 소리를 내며 십여 미터 아래로 곤두박질하고 말았다. 버스는 밟아 놓은 알루미늄 깡통처럼 구겨졌고, 승객들의 비명소리는 몇 겹으로 귀청을 때렸다. 어지러이 뒤엉켜 나오는 신음 소리로 골짜기는 무겁게 가라앉았고 정신은 혼미해져 갔다. 구르는 순간, 희한하게도 한 점 촛불이 깜깜한

무의식 속에서 환하게 너울거렸다. 상방 한 켠에 모신 영단에 촛불을 밝히고 온 가족이 가운을 빌던 시절이었다. 빛은 영단의 그 촛불이었다. 식구들의 기가 응축된 불빛이 염력을 보내 나를 구해 주었음이 틀림없었다.

자동차 운전면허를 취득하고 도로연수 장소로 택한 곳은 굽이가 완만한 팔공산 순환도로와 구절양장의 팔조령 고갯길이었다. 난이도에 따라 만만한 곳에서 까다로운 장소로 옮겨가는 것이다. 순한 경사와 커브의 팔공산 순환도로는 초보자들도 조금만 조심하면 편안한 마음으로 운전의 쾌감을 맛볼 수 있는 길이었다. 그러나 팔조령은 초보자가 쉽게 다가갈 코스는 아니었다. 긴장의 끈을 다잡고 가파른 절벽 길을 따라 엉금엉금 고갯길을 오르고 나면 오금이 저려오고 머리가 어지럽다. 진땀을 흘린 뒤 평지 길로 나올 순간부터 햇솜에 파묻힌 듯 평안함이 전신을 휘감는다.

운전한지 십여 년이 되니 웬만한 쉬운 길은 핸들을 한 손으로 조작하는 여유를 부리기도 한다. 어느 날 그런 만용으로 승용차를 몰고 꼬불꼬불한 산길로 접어들면서 오른손으로 콘솔박스를 뒤지는 순간 그만 가시덤불에 처박히고 말았다. 안전벨트에 거꾸로 매달린 채 탈출하기까지는 반시간 넘게 허우적거려야 했다. 생사의 갈림길에서 가까스로 빠져 나온 것이다. 부주의와 자만을 노리는 덫이 그 굽잇길에 잠복하였던 게 틀림없었다.

아흔아홉 굽이에 버금가는 팔조령이나 숱한 고갯길도 이제는 다리가 놓이고, 터널이 뚫려서 지름길로 당겨졌다. 구불구불한 길은 추억의 옛길로 밀려났고, 곧은 차도는 수많은 바퀴들의 경연장으로 몸살을 앓고 있다. 낭만과 속도가 쾌속 질주와 자리바꿈한 것이다.

걸어온 한살이가 평탄했노라고 장담할 이가 몇이나 될까. 우리네 선대가 걸어 온 길이 온통 가시덤불의 연속이 아니었던가. 사할린 탄광 막장에서 지게 끈에 살점이 찢기는 고통을 내 아버지는 감내해야 하셨고, 6·25 전란을 겪으면서 이념의 틈바구니에서 심신이 절구질 당하길 몇 번이었던가. 지아비를 지키려다 놀란 가슴을 평생토록 쓸어안고 속앓이를 해야 했던 어머니. 거세게 굽이치는 역사의 소용돌이 속에서도 어른들은 용케도 풍파를 넘어 오셨던 것이다.

인생은 연습이 없는 결전일 따름이다. 마라톤 경기처럼 반환점을 돌아 제자리로 돌아올 수 있다면 오죽 좋으랴. 생을 도로연수처럼 진중하게 살 일이다. 누구나 삶의 굽잇길을 피해나갈 재간은 없다. 굽잇길에서 담금질한 삶은 고비를 보다 수월하게 넘나들게 하는 밧줄이 되기도 한다.

고희를 눈앞에 둔 나 역시 수많은 고비와 굽이를 넘고 돌아야 했다. 어머니의 비손과 할머니의 객귀 물림으로 병약했던 유년 시절을 무사히 건너 왔고, 조직의 한 톱니바퀴로 정년토록 소임을 마쳤으며, 두 번의 차량 전복 사고에도 무사하였으니 그럭저럭 인생 역정歷程에서 행운을 누려온 셈이다. 헤쳐 온 굽잇길이 때로는 아찔했어도 자아를 성숙시키는 디딤돌이 되기도 하였다.

굽이에 대한 서정을 시인 박노해는 이렇게 노래했다.

> 똑바로 흘러가는 물줄기 보다는/ 휘청 굽이 친 강줄기가 더 정답습니다
> 똑바로 뚫린 바른길 보다는 / 산 따라 물 따라 가는 길이 더 아름답습니다

삶의 끈을 바투 잡고 가는 곧은길은 빠른 속도는 보장하지만 난관을 헤쳐 가는 힘은 붙여주지 못한다. 질주에의 충동은 또 다른 불행의 씨앗이 될 수도 있다. 굽잇길은 험하지만 에돌아서 여유를 구가한다면 정답고 아름다운 길이 되리라.

인생이란 검문소 많은 길을 가는 것처럼 삶의 후미에서 또 한 번 만만찮은 굽잇길과 맞닥뜨렸다. 물신物神의 유혹을 좇아 아내 몰래 '펀'씨를 짝사랑하다가 종자주머니마저 잃을 뻔하였다. 평생 한 마음인 줄 알았던 남편이 의논도 없이 끔직한 일을 저질러 놨으니 아내의 충격을 알만도 했다. 아내로부터 신용불량자로 낙인되는 순간, 자존감은 여지없이 뭉개진다. 부부싸움에서 칼로 물 베기가 없었다면 생채기가 곪았을 수도 있었다. 무엇이 그를 절망에서 헤어날 수 있게 했는지…. 아버지를 지키기 위한 어머니의 인고가 그랬듯이 아내도 남편에 대한 원망을 부덕婦德으로 삭였을 것이다. 그 힘은 사람의 허물을 용인하는 모성의 넉넉함에서 연유했으리라. 모성은 세상의 정화조라고 한다. 이날따라 아내가 더 커 보인다.

인생은 굽잇길 돌아나기와 같이 늘 아슬아슬하다. 잘 돌아가면 낭

만의 길, 곁눈질하면 벼랑길이 되는 것이 굽잇길이다. 산굽이, 물굽이 따라 유유히 돌아가는 길이 더 아름답고 안전한 길, 오히려 지름길이 아니겠는가.

(2010)

※ '펀'씨는 'fund'

낙불가극樂不可極

천안엘 갔다가 돌아오는 길이다. 어쩌다 자기 문중 행사를 영상물로 만들어 달라는 친구의 부탁을 거절하지 못하여 내친 발걸음이었다. 묘제와 문중총회 광경을 촬영하느라 많이 지쳐있는 데다가 성치 않은 몸을 추슬러야 하는 내가 동대구역까지 무궁화 열차에 서서 세 시간을 견딘다는 것은 체력이 받쳐주지 못할 것 같았다. 친구가 미안해할까 봐 망설이다 입을 뗐다. 대전 가서 환승하는 게 어떠냐고. 우람한 체격에 체력도 보통이 아닌 이 친구는 그냥 가겠다고 했다. 나는 홀로 KTX로 환승을 결심하고 스마트폰 앱(Application을 줄여서 App. 응용프로그램)을 열어서 승차권을 구입했다. 대전에서 갈아탄 고속열차는 너무 안락하여 임금님의 용상이 어디 이만하랴 싶었다. 만약 오프라인으로 승차권을 산다면 대전역 매표창구까지 발품을 팔아야하니 얼마나 번거롭고 귀찮은 일인가. 달리는 열차 안에서 스마트폰 유리 기판에다 몇 번의 터치로 승차권을 샀으니 이게 바로 스마트 기기가 낳은 기적이 아닐까 싶다.

휴대전화 안에 컴퓨터가 융합된 형태의 스마트폰은 사용자가 필요한 앱을 임의로 설치하여 컴퓨터 기능을 손쉽게 활용할 수 있는 게 특징이다. 컴퓨터 역할뿐 아니라 많은 다른 기기의 기능까지 흡수함으로써 전자기기 통합의 대표 주자가 되었다. 캠코더, 디지털카메라, DMB(TV)와 라디오, MP3플레이어, 내비게이션 등이 할 일을 이 작고 납작한 유리기판 속에서 척척 처리되는 것을 보면 인지발달의 끝이 어디까지인지 가늠하기 어렵다.

지난 봄, 제주도 여행 때 스마트폰이 제 구실을 시원스레 해냈다. 비행기 탑승권과 숙소 결정을 집안에서 모바일로 결재하고는 혼자 회심의 미소를 지었었다. 모바일은 정보통신 혁명의 결정체임을 재확인한 셈이다.

내게 있어 파한破閑에는 스마트폰 만한 게 없다. 전철을 탔을 때나 열차 안에서, 혹은 집안에서 한가할 때면 자꾸 거기로 손이 간다. 일정 관리, SNS, 뉴스와 지식 정보 검색, TV 시청, 음악 감상, 카페 관리, 이메일에다 나아가 글을 쓸 때에도 편리하게 이용한다. 만지작거리다 보면 한두 시간은 번갯불처럼 지나간다.

앱을 거래하는 장터는 더욱 흥미롭다. 혹시 이런 앱도 있을까하고 검색하면 영락없이 "네, 저를 데리고 가주세요."하며 기기묘묘한 앱이 주르륵 선을 보인다. 호기심이 발동하는 대로 따라 가 보면 한량없다. 무궁무진한 정보의 심연으로 빨려 들어가면 좀처럼 헤어 나오기가 쉽지 않다. 시도 때도 없이 삑삑거리는 SNS는 너무 가까이하다가는 아무 일도 안 된다는 푸념이 나오기 십상이고, 좀 거리를 두고 있노라면 궁금증이 도져서 이내 끌려간다. 내가 시나브로 중독된 건 아닐까 싶기도 하다. 이 녀석이 곁에 없으면 어쩐지 허전해질 정도니까. 끙끙대며 발품 팔지 않아도, 굳이 골치 썩이지 않아도 재까닥 반응하거니와 주인의 취향에도 장단을 잘 맞춰주는 순종의 미덕 때문이다. 이런 마력에 매몰되면 냉정과 자제력을 주체할 수 없게 되니 이게 병통이다.

요즘 스마트폰 사랑의 역기능을 우려하는 소리가 높아가고 있다. 독서讀書보다 '독讀스마트폰'에 몰입하는 풍속도는 때와 장소를 가리지 않고 전개된다. 전철 안은 노소 없이 손바닥만 들여다보고 있어 조용하고 엄숙한 도서관 분위기다. 교실에서 벌어지는 학생들의 일탈 소식은 이제 무덤덤하다. 거북목을 빼고 길을 걷는 모습은 또 어떤가.

얼마 전까지만 해도 수하들이 스마트폰에 빠져있는 모습에 마뜩찮은 시선을 보냈었다. 나무라면서 닮는다더니 나부터 하루에 두세 시간을 만지고 있으니 할 말을 잃게 된다.

한번은 우리 집 세 식구가 식당에 간 적이 있다. 주문한 음식이 나올 때까지 습관적으로 스마트폰을 꺼내 들여다보고 있는데 주인이 한마디 던진다.

"폰 좀 내려놓고 이야기를 나누세요." 얼굴이 화끈 달아올랐다. 모처럼 가족이 기분 좋게 나왔다면 이 호기를 왜 허송하느냐는 충고다. 세 사람이 함께 길을 가면 두 사람이 내 스승이라는 말에 짐짓 자위하며 부끄러움을 삭인다.

'낙불가극樂不可極' 이라고 한 고전의 한 구절이 떠오른다. 아무리 즐거운 일이라도 극에 달하면 안 된다고 말하지 않았던가. 인간이 즐거움만을 극도로 무절제하게 쫓다가는 방탕해질 수 있다는 경고일 것이다. 이래서는 안 되는데 하는 평형감각은 누구나 갖고 있지만 저울추를 균형점으로 옮겨 맞추기는 쉬운 일이 아니다. 정도를 지나침은 미치지 못함과 같다(過猶不及)는 말이 자꾸 귓전에서 맴돈다. 살아가노라면 자주 저울대를 들이 대어야 할 경우와 맞닥뜨린다. 평형을 얻기 위하여 균형추를 어느 쪽으로 움직여야 할지는 이성적 판단이 중요할 것이다. 스마트폰이 영리(Smart)하게 답해 줄 수 있을까. 아무리 똑똑한 기계라 할지라도 그것을 부리는 일은 결국 사람의 몫이다. 더도 덜도 아닌 균형점을 짚어내고 지키는 스마트한 주인이 되면 오죽 좋으련만 그게 녹록치 않다.

이러다가는 모처럼만에 모두 모인 명절에도 따뜻한 눈길 한 번 맞추지 못하고 헤어질까 지레 걱정이 앞선다.

스마트폰 과잉 사랑을 어디서부터 손을 써야 할지 고민에 빠져있다.

(2017)

난청

늦가을 농가의 밤은 주로 밭농사의 끝물 손질로 바쁘다. 큰방에는 저녁마다 온 식구가 둘러앉고 담을 사이에 두고 사시는 할머니와 큰어머니, 그리고 입담 구수한 집안 아지매까지 함께 하면 호롱불 아래에서 이야기꽃은 화기를 더한다. 훑어 놓은 고추나 타작한 콩 고르기, 덜 핀 명 발라내기 등으로 손질 거리가 끊일 날이 없지만 워낙 여러 손이라 어지간한 분량이라도 이내 동이 난다.

아흔이 넘으신 할머니는 손아랫사람들이 이야기 끝마다 웃어대는 영문이 궁금하여 '뭐카노' 를 거듭하신다. 할머니의 귀에 입을 바짝 대고 중계에 나서보지만 수하手下들은 절벽 같은 청력에 이내 손을 들기가 일쑤였다. 그럴 때면 축 늘어진 목주름을 집어 당기면서 "요놈의 숨이 왜 안 떨어지노. 오래 사는 기 원수대이." 늘 같은 푸념을 뒷전으로 하고 자리를 뜨곤 하셨다. 귀먹음은 인간의 거리를 하늘과 땅 사이로 벌려 놓았다.

통상 어린이들이 앓는 중이염을 만년까지도 달고 사는 나는 병 자랑조차 하기 싫었다. 고질을 떨쳐버리려고 여러 의원을 전전하다가 끝내 대학병원 문을 두드리게 되었다. 중소 지방병원에서 치료의 진전이 없자 결국 단층촬영을 하기에 이르렀고, 그 결과 염증이 뇌로의 전이 여부를 대학병원에 가서 알아보라는 것이었다. 고난도의 수술이 필요할지 모른다는 충격적인 예단을 들은 나는 매우 초조하였다. 그래서 대학병원의 특진은 더더욱 중대한 선고 같은 것이었다. 정말 전이되었느냐고 다잡아 물었다. 컴퓨터에 저장된 사진을 관찰한 교수는 대수롭잖다는 듯 그런 것 없다는 짤막한 대답으로 나를 일시에 해방시켜 주었다. 세상이 다 내 것 같았다. 고민을 말끔히 정리해 준 그를 명의로 입소문을 내기에 한동안 열을 올리기도 했었다.

그 후 몇 년간은 귀앓이 없는 평화를 누렸다. 그러다 작년에 한 부위의 조직검사를 받느라 며칠간을 입원한 적이 있다. 금식과 설사로 기력이 빠져서인지 퇴원하는 날 양쪽 귀가 먹먹해 지더니 들어 온 놈이 예의 그 불청객이 아닌가. 몸이 피곤하면 두더지처럼 땅거죽을 밀고 올라오는 녀석이 귀앓이다. 녀석과 치열한 공방전을 끝내고 나니 쉴 틈도 주지 않고 난청이라는 아주 버거운 짐을 내게 부려 놓았다. 날이 갈수록 세상의 모든 소리들이 안개 속처럼 희미해진다. 남의 눈치에 지레 민감해지고 되묻기를 되풀이하다가 제풀에 주저앉기도 한다. 말수도 준다.

거실에서 TV 리모컨 볼륨 때문에 실랑이를 벌인다. 이웃에 폐가 된다며 조바심하는 아내는 음량을 10에다 두면 답답한 나는 25까지 돋우어버리는 시이소오 게임이다. 사실은 그 정도에도 신통치 않지만 더 어둡다고 말하기 싫어 할 수 없이 '자막 켬'의 기능으로 아내와 타협한다. 집에서는 물론, 친구들과의 모임에서도 토끼 귀를 하고 상대의 표정만으로 말귀를 알아채고자 신경줄을 바짝 조인다.

한 지인은 청력이 떨어져 이제는 보청기도 무용지물이 된 지경이다. 친목 모임에 나와도 멀뚱멀뚱 눈치를 살피며 바위같이 우두커니 앉았다 돌아가는 청각장애자가 되어버린 것이다. 의논 거리도, 웃을 일에도 꾸어다 놓은 보릿자루 신세일 따름이다.

내가 그와 닮은꼴이 되어가고 있다. '아, 나도 별 수 없이 장애인이 되었구나.' 체념하고 나니 더욱 캄캄해 온다. 터벅터벅 보청기 가게를 찾았다. 디지털 보청기의 맑고 카랑카랑한 소리는 신기하게도 자신을 몇 십 년 전으로 되돌려 놓았다. 이제는 구처 없이 숙명으로 받아들여야 한다. 보청기 처방을 받으러 이비인후과로 발길을 옮겼다. 지난해 수술을 상담하다가 성공을 장담할 수 없다는 말에 좌절하고 돌아섰던 그 의원이다. 대기실을 꽉 메우고 있는 환자들은 간호사의 호명에 촉수를 곧추세울 뿐 적막하기만 하다. 보청기 처방은 청각 장애자를 전제하기에 기대도, 감흥도 없다. 이윽고 귓속을 관찰하고, 청력을 쟀다. 결과, 놀랍게도 수술하면 좋아질 수 있다는 것이었다. 귀가 번쩍 뜨였다. 벼랑에 내몰려 있는 나는 심봉사의 개안과 같은 환희를 느꼈다. 수술비용은 보청기의 반에도 훨씬 못 미쳤고, 무엇보다 내 귀를 되찾는다는 설렘으로 수술을 받기로 결심하였다.

연골막을 떼어서 고막을 깁는 수술은 한 시간 남짓 걸렸다. 4주 정도면 회복된다던 청력이 그날이 턱 앞에 오도록 회복의 기미를 보이지 않았다. 불안이 슬며시 고개를 쳐들었다. 신이 설계한 일정이 차야 알이 부화되 듯, 아니나 다를까 30일이 지나자 바람이 귓가를 스치는 소리와 함께 말소리도 조금씩 또렷해지는 것이 아닌가. 전에는 안 들리던 위층의 진공청소기 소리에 신경이 곤두선다는 말을 했더니 의사는 너무 잘 들리는 것도 때로는 고통이 될 수 있다며 반색을 하는 것이었다. 과묵하기만 하던 그가 웃는 모습을 나는 처음 보았다.

할머니가 환생하신다면 요지경 같이 달라진 세상의 소리와 소통할 수 있게 '희한한 선물'을 드리고 싶다. 동병상련과 면죄부의 징표로 말이다.

노인의 귀가 어두워진다는 것은 젊은이의 일에 참견 말고 못 들은 척 적당한 거리를 두고 살라는 신의 배려라 하였다. 귀머거리는 소리를 듣지 못하니 입 모양만 보고 당나귀가 우는 것을 하품하는 것으로 오판한다는 속담이 있다. 청각장애자로 지낼 뻔하다가 운 좋게도 명의를 만난 것이다.

문명이 만든 소음에다 낮 밤조차 구분 못 하는 매미들의 지겨운 울음까지 뒤범벅되어 인간을 더욱 지치게 만드는 요즘이다. 각종 디지털 기기에 딸린 이어폰의 증폭음이 고막의 피로를 가중시킴으로써 소음성 난청을 호소하는 젊은이들이 늘어나고 있단다. 청각장애자가 자기 안에 갇히게 되듯 온통 제 주장만 부둥켜안고 귀를 막아버리는 정신적 난청 환자들이 도처에서 소통을 거부한다.

이 난청을 뚫어주는 명의는 어디 없을까.

(2010)

※ 명 : 목화木花

상실

조마조마하던 우한발 코로나19는 급기야 대구 S교회에 큰불을 지르고 말았다. 코로나로 전국을 물들인 원죄를 대구가 뒤집어썼다. 붉은 왕관 코로나는 존엄이 아니라 괴기스러운 마왕이 되어 평화와 번영을 구가하던 세계를 한순간에 폐허로 몰아갔다. 사람들은 자연을 거슬린 응보라고 자성론을 꺼내기도 한다.

대구 시민은 천형을 앓는 사람으로 덧칠되어 잔뜩 움츠러진다. 심지어 대구의 중질환자는 서울병원들마저 손사래질 당하는 어처구니없는 처지가 된다. 코로나 방역의 으뜸 수칙은 사회적 거리 두기다. 오죽하면 "뭉치면 죽고 흩어지면 산다."는 역설까지 등장했겠는가. 코로나19의 무서운 전파력 앞에 장사가 없다. 코로나로 생을 마감한 어느 고인은 상주마저 격리되어 홀로 쓸쓸히 화장장으로 떠나는 슬픈 사연도 날아온다.

1918년 전 세계를 휩쓴 스페인 독감은 5천만 명의 목숨을 앗아 갔다. 그 독감을 우리나라에서는 '무오년 독감'이라 불렀다. 인구의 절반인 740만 명이 감염되고 14만 명이 사망하였다고 하니 이보다 더한 재앙이 있었던가.

해방되던 해 초겨울, 중국에서 칠촌 아재 한 분이 돌아왔다. 영광스러운 귀향이 아니라 이름도 알 수 없는 '옘병[染病]'이라는 괴질을 싸안고 환향했다. 돌아온 지 며칠 안 되어 끙끙 앓다가 숨을 거두고 말았다. 이웃에 사는 친형제들도 겁을 먹어 시신 거둘 생각은 아예 않고 숨어 버리는 형국까지 벌어졌다. 보다 못해 당시 갓 마흔 살인 내 큰아버지와 서른일곱 살 난 그의 동생, 두 장정이 거적으로 둥쳐 맨 시신을 나무막대기로 목도해서 산에 갖다 묻었다. 그길로 형제는 심한 고열과 설사로 며칠을 배기지 못해 한날한시에 세상을 떴다. 치사율이 80~90%나 된다는 공포의 콜레라였다.

그날이 동짓달 초사흘, 맏이의 숨이 멎자마자 엎친 데 덮친 격으로 이웃에 사는 작은아들이 위급하다고 전갈이 왔다. 할머니는 단숨에 뛰어가 숨을 헐떡이는 아들을 끌어안고 울부짖으며 불러 보았지만 소용이 없었다. 세상에 이런 일이! 할머니는 실신을 하고 말았다.

사람이 사는 동안 가장 큰 불운이 무엇인가. 부모 앞서 세상을 하직하는 자식은 불효막급이요, 자식을 앞세우는 참척[慘慽]은 더 없는 불행이 아니던가. 상실의 극한은 내 기억 창고 바닥에 석회화된 악몽이다. 외가에서의 중학 유학 시절의 일이다. 연전에 상처를 한 큰외삼촌이 국민학생이던 어린 아들 형제를 결핵으로 연이어 잃는 걸 나는 목도하였다. 어른은 울지 않는 줄 알았는데 그렇게 구슬피 우는 걸 처음

보았다. 통곡 소리가 얼마나 처량한지 어린 마음에도 슬픔의 크기를 가늠할 수 있었다. 자식을 잃는다는 것은 갓 팬 이삭을 쏙 뽑아 버린 형상과 다름없다. 자손만대 번영은 고사하고 당장 싹이 싹둑 잘려 나갔으니 살아도 사는 것이 아닌 것이다.

가난에 찌든 형편에 마치 혹뿔같이 더부살이하는 나 때문에 외사촌이 죽은 게 아닌가 하는 자책감마저 들었다.

코로나가 훑고 간 비극은 경산 모 고등학생의 죽음이다. "그놈의 마스크가 뭐길래…." 생떼 같은 아들을 잃은 어머니의 탄식이 네티즌들을 달구었다. 감기 기운이 있던 소년은 마스크 5부제에 따라 마스크를 사기 위해 약국에 줄을 섰고, 오랜 시간 비바람을 맞으며 떨었다고 한다. 그 후 빠른 속도로 체온은 올랐고 가까운 안심병원에서는 코로나 관리 지침대로 확진 판정이 나기 전에는 자가 격리가 원칙임을 되뇔 뿐 다급함을 받아 주지 않았다. 약국에서 지어 준 약만 겨우 삼키며 어영부영하다가 결국 3차 진료병원까지 갔지만 음성으로 판명되었다. 병원 진료가 지체되는 사이 감기가 폐렴으로 악화되어 귀하디귀한 생명을 잃었다는 것이다.

회자정리가 철리이지만 역질疫疾 창궐로 때 아닌 별리가 너무 많아 마음이 아프다. 사람 사이가 끝 모르게 소원해져 간다. 거리가 떨어지면 인정도 멀어진다는 말이 실감나는 세태다. 서로에게 관심을 기울일 절실한 시점이다. 최상의 위무는 공감이라 하지 않는가, 처한 아픔에 공감하고 쓰다듬는 짧은 말 한 마디가 아쉬운 때다. 상실의 시대를 견뎌내는 힘은 무심이 아닌 온기를 나누는 일일 성싶다.

상실의 아픔을 그린 친구 시인은 근작 시 한 편을 단톡방에 올렸다. 환란으로 비명에 간 이들이 겹쳐져 더 아리다.

헌 신문 책 보루지 스티로폼 비닐 플라스틱 장난감 빈 캔 페트병 고장 난 전자제품 …// 성재야, 저것들이 웬 서른도 안 된 나이에 에미가 차려주는 밥상도 마다하고 가버린 너처럼 불쌍해 보이니 어쩌지?//(…) 성재야. 새 세상에서 잘 살겠지? 이 에미 언제 다시 볼꼬?/ 키보다 높은 재활용 쓰레기더미를 유모카트에 앉히고 가로등 희미한 골목 끝 집하장에 막장으로 들어서는 할머니, 호박꽃처럼 환하게 웃는다. 구겨진 지폐 몇 장 들고 땀을 훔친다. 손가락에 마른 침 발라서 세고 또 세어보다가 문득 생각난 듯 허공을 두드린다. – 일금 오천원, 성재야, 찬饌값 잘 받았다. 어느 별이 보고 들으라는 듯,

–정하나 〈一金 오천 원〉

(2020)

상호 경연장

우리 마을은 부도심 중 한가운데에 있다. 대규모 아파트가 들어서자 황금알을 낳는다는 상가가 우후죽순으로 생겨났다. 다닥다닥 붙어 있는 가게가 벌집처럼 빼곡하다. 경기가 바닥인 요즘엔 빈 가게가 한 집 건너 한 집 꼴이다.

젊은 날, 나에게도 박봉을 받쳐 줄 가게 하나를 마련하고자 아버지가 애지중지하시던 송아지까지 팔아 보탰다. 간절했던 꿈은 건설업체의 부도로 공중분해 되어 버렸다. 일막일장으로 한바탕 봄꿈은 허망하게 끝났다. 송충이는 솔잎만 먹고 살라는 냉엄한 가르침만 빈손에 받아들고 물러섰던 적이 있다.

기발하고 별난 상호商號가 눈에 들어온다. 가게 이름에는 주인의 간절한 소망이 녹아 있다. 가게에 내 건 상호는 고객을 불러 모으는 흡인력을 발휘한다. 사람도 이름에 집착하듯 가게 이름도 허투루 짓지 않는다. 이름에 명운이 있다는 강한 믿음 때문일까.

요즘 신세대 창업자들은 기존의 관념을 깨뜨리고 파격적인 상호로 승부를 걸기도 한다. 상호에 담긴 다양한 메시지는 가게 주인의 경영 이념이 스미어 있어 흥미롭다.

물어보지 않아도 식당 메뉴가 훤한 '조개 까는 세상'이나 '꽃게 품은 닭'이 있는가 하면, '이 집이 그 집이가?'처럼 이미 유명세를 선점하고 있음을 은근히 자랑하는 떡볶이집도 있다. 그래서인지 실제로 제철에는 장사진을 치는 호황을 누리고 있다. 그런가 하면 훔쳐서라도 먹고 싶은 충동을 풍자한 '막창 도둑'은 얼마나 단도직입적인가. 뿐만아니라 무엇을 파는지 궁금증을 더하게 하는 '대한상회'나 '청춘 파는 상회' 등 퀴즈 같은 상호도 있다.

그뿐인가. 서민 밀착형도 있다. 비싸지 않으니 주저 말고 오라는 '서민통닭'이 있고, 맛 자랑이라면 으뜸이니 망설이지 말라는 '국가대표, 고기가 맛있는 집'도 떡하니 버티고 있다.

'폰값 똥값' 은 휴대폰 가게 상호다. 너무 비천한 표현에 미안했던지 '똥糞'을 화투의 오동梧桐짝으로 살짝 면피시켜 고객의 거부감을 달랜다.

노이즈 효과랄까 역발상 상호도 등장했다. '이 동네에서 가장 맛없는 국수집'이다. 국수 한 그릇에 2천 원으로 저가공세에 불을 붙였다. 얼큰하고 구수한 토종 국수 맛에 값도 싸다. 그 옛날 고향 마당 한쪽 양은솥에서 건져낸 어머니의 손맛 어린 그 국수 맛이 아닌가. 가성비價性比 좋은 이 집 국수가 장수할 것으로 믿었는데 일 년도 못 버티고 자취를 감추어 버렸다. 이렇듯 상호는 단어형, 서술형을 가리지 않고 도발적으로 세대교체 중이다.

어느 네거리 코너에 자리한 타이어 판매점에 붙은 부제副題를 보자. '부모님 차에 타이어를 바꾸어 드리는 정성'을 강조하는 효도 마케팅이다. 이도 어느 날 슬로건만 벽면에 을씨년스러운 흔적을 남긴 채 가게는 행방불명이다. 붐비던 정황을 보아서는 그 자리에 붙박아 영원할 것 같았는데… 무정하다.

어릴 적, 어머니는 '이것 사이소'라는 말이 목구멍에 올라오지 않는다 하셨다. 나도 숫기 없기는 어머니와 판박이다. 물건을 파는데 필요한 능청과 뻔뻔스러움, 배짱 같은 끼를 나는 전혀 지니지 못했다. 그래서 사뭇 월급쟁이로 살아왔다.

요즘 청년 실업으로 아우성이다. 구직하다 안 되면 자영업에 뛰어든다. 우리나라의 자영업 비율이 세계 최고 수준이라는 통계치는 비정상을 경고한다. 가공무역으로 먹고사는 우리나라는 제조업이 생명줄인데 말이다. 고용해 줄 기업이 없으니 손쉽게 접근하는 것이 음식장사다. 너도나도 장사에 쓰나미처럼 몰리다 보니 '커피 공화국' '치킨 공화국'이라는 탄식이 터져 나온다. 폐업과 창업이 반복되는 와중에 리모델링 업계만 호황을 누릴 판이어서 씁쓸하다.

우리 부부는 식성이 너무 다르다. 아내는 기름기가 많거나 튀긴 음식을 싫어한다. 나는 아내와 정반대다. 내가 즐기는 중국요리 집 식탁에 아내와 동석할 일은 거의 없다. 간혹 아내의 출타를 틈타서 홀로 식도락을 즐길 뿐. 이따금 외식 때면 아내의 취향대로 콩나물국밥이나 이른바 약선요리집 정도를 찾곤 한다.

한번은 아내가 즐기는 콩나물 해장국을 먹었는데 카드 결제 시 5천 원짜리를 현금 할인으로 3천 5백 원을 치르니 두 그릇에 7천 원이다. 한 그릇 값으로 배를 불렸으니 지갑은 잘 지켰지만 매출이 보잘것없어 주인에게 미안한 마음이 들었다.

도처에 상가 공급이 넘쳐나 임대가 어렵고, 버거운 임차료에다 높은 인건비, 그리고 턱없이 낮은 매출에 수익 내기도 힘 든다.

아서라, 남 탓만 해서 무슨 소용이 있겠는가. '제 절의 부처는 제가 위해야 한다.'고 하지 않나. 아름다운 상호경연이 끊이지 않도록 적지만 조용히, 끊임없이 응원하리라.

(2020)

서백당書百堂 뜰에서

연둣빛 산야가 나날이 초록으로 덧칠해지는 4월이다. 갈래진 골목길마다 온통 관광객들로 붐비고, 얼굴에서 얼굴로 설렘과 즐거움이 번져 나간다.

경주시 양동 마을의 집들은 조산祖山인 설창산에서 뻗어 내린 '물勿' 자형 여러 가닥의 능선 비탈에 자리 잡아 시야에 걸림이 없어 시원스럽기 그지없다. 형산강이 안강평야를 끼고 흘러 끊임없는 부富를 받쳐 줄 지세라 여기는 이 마을 사람들은 자부심으로 충만하고, 혈穴 자리라 일컫는 이 집에는 현자가 셋 중 한 사람이 더 태어날 거라는 말이 아직도 회자되고 있다.

호기심을 따라온 나그네의 발걸음은 이 집 뜰에서 멈춘다. 이시애의 난을 평정한 양민공襄敏公 손소孫昭 선생이 여기에 정착하여 월성 손씨月城 孫氏의 입향조가 되었고, 선생이 1454년 성종 15년에 지은 집이 바로 양동리 서백당書百堂이다.

서백당은 안채와 사랑채, 사당까지 갖춘, 규모가 큰 사대부 가옥의 대표적인 배치이다. 마당 끝에는 오백 년이 훌쩍 넘은 향나무가 이 집안의 역사를 오롯이 간직한 채 지금도 선대의 체취와 기품을 그윽하게 흩날리고 있다. 하루에도 참을 인忍자를 백 번씩 써내는 인내를 지고의 가치로 삼아온 '서백당書百堂' 편액을 바라보는 순간, 덜 아문 딱지를 떼어내는 듯한 통증이 불현듯 가슴에 저려온다.

도대체 '참을 인忍' 자가 무슨 연유이기에 서백당인가. 당태종이 왕자 시절, 백성을 살피러 수십 리 먼 길을 달려 장공예 옹張公藝 翁을 찾아갔다. 아흔이 넘은 장 옹이 5대가 한집에 살면서 온 집안이 화목하고 절대로 큰 소리가 밖으로 새어 나오는 법이 없다는 말을 듣고 그 비결을 물으러 간 것이다. 장 옹은 비결을 말로 설명하기 어려우니 가는 붓을 달라고 했다. 그러고는 방 한쪽 구석에 돌아앉아 뭔가를 쓰기 시작한다. 그런데 이게 웬일인가? 아무리 기다려도 그치지 않자 왕자가 다가가 보니 점을 찍듯이 깨알만한 참을 '인忍' 자만 수백 자를 쓰고 있지 않은가. 그제야 왕자는 장 영감의 꿍꿍이속에 무릎을 친다. '나라가 평안하려면 온 백성이 모두가 참는 훈련이 필요하다'고 말하지 않는가. 왕자는 이날 얻은 참을 '인忍' 자의 교훈을 훗날 태종으로 등극하여 백성을 다스리는 근본으로 삼아 위업을 펼칠 수 있었다고 한다. 이 고사의 가르침에 연유하여 지은 당호라고 전해진다. 월성 손씨 가문의 가풍이 이러할진대, 청백리 우재愚齋 손중돈孫仲暾 선생과 유학의 거두이자 동방오현으로 문묘에 배향된 외손 회재晦齋 이언적李彦迪 선생의 배출은 너무도 당연하였으리라.

손중돈 선생은 일찍 아버지를 여읜 어린 생질 이언적을 끔찍이도 사랑했다. 외직인 목사牧使로 떠 돌 때에도 늘 데리고 다니면서 학문을 가르쳤고, 인간의 도리를 솔선수범으로 이끌었다. 상주 목사로 재직할 때에는 흉년이 들어 굶어죽는 백성이 속출하자 당신의 주머니를 풀어 향리 안강들에서 생산된 곡식을 사서 아사자를 구제하였다. 무능하거나 부패한 관료는 서릿발같이 엄정하게 다스리는 기강을 세워 나갔다. 사람살이에서 남이 가지 않는 새 길을 걷는다는 것이 얼마나 외롭고 어려운 일이었을까. 험난한 고비마다 참고 견딤으로써 슬기롭게 헤쳐 나간 것이 진정한 청백리의 길이었으리라. 당호를 바라보고 있노라니 사십여 년 전의 떠 올리고 싶지 않은 불편한 사건 하나가 클로즈업된다.

대처에 나와 살다 보니 옹색한 셋방살이를 하는 나에게까지 자식을 붙여 유학을 맡기려는 친인척이 앞다투어 나섰다. 이미 서너 명을 데리고 살아 보아 썩 내키지는 않았지만 이러저러한 연유로 피할 방도가 없어 초등학생인 인척의 조카를 맞아들이게 되었다. 명색이 교사인 나에게 맡긴 까닭이 자명한 터이라 기대를 저버릴 수 없어 조금씩 가르쳐 보기로 했다. 아이는 좀 굼뜨기도 하지만 기초가 워낙 부실했다. 쉬운 말로 바꾸어가면서 몇 번을 설명해도 먹히지 않자 내 비좁은 성정에 그만 불기운이 일었다. "이 ××야. 이것도 몰라." 치미는 감정을 그렇게 뿜어내고 나니 우선은 시원했다. 하지만 그건 잠시일 뿐, 이내 죄책감에 갇혀 속은 더 갑갑해 왔다. 그 아비의 섭섭해 하는 환영과 내 후회는 한여름 밤 날파리가 덤비듯 집요하게 따라붙어 시간이 갈수록 자책감이 불어났다. 왜 한 발 물러서서 좀 뒤처짐을 감싸안지 못했을까. 가슴앓이는 한동안 계속되어 여린 내 속을 끓였다. 어떻게 알게 되었는지 아이의 아비는 그 일로 해서 단단히 틀어졌던 모양이다. 얼마 뒤 아이는 제 외가로 떠났고 아비는 간혹 만나도 시큰둥해하였다. 엉겁결에 불쑥 튀어나온 그의 말은 사람 사이를 가물가물하게 벌려 놓고 말았다.

강산이 몇 번이나 바뀐 어느 날이었다. 그 아비가 술이 거나하게 취하자 별렀던 감정을 터뜨리는 게 아닌가. "형님, 그럴 수 있소? 우리 아이보고 어찌 그런 말을 할 수 있소." 하며 삿대질을 해댔다. 순간 내 얼굴은 가마솥 부엌 장작불에 달궈진 사람처럼 화끈거렸다. 미안했던 감정과 화학반응을 일으켜 난생 가장 큰 충격이 되어 나를 몰아세웠다. 심신이 복잡하고 고달팠던 때에 마지못한 동거라 살갑게 건사하지 못한 것도 사실이다. 저쪽이 격해 있을 때 납작 엎드리는 게 상책이었다. "그래, 내가 부덕한 소치네." 덧붙이기도, 뺄 수도 없이 내가 할 수 있는 말의 전부였다. 머릿속은 하얘졌고 자괴감과 무력감으로 나는 쪼그라들었다. '한때의 분을 참으면 백 일의 근심을 면한다.'는 말을 진작 깨우쳤더라면 이런 불상사는 없었을 텐데…. 때늦은 후회만 가슴을 치게 할 뿐이었다. 인간사 겨릅대 위에 닭 다니듯 조심하지 않으면 삐끗하는 순간 나락으로 떨어진다는 어느 어른의 말씀이 절절했던 순간이었다. 감정의 노예가 되어 뱉은 말이 평생 갈 생채기가 될 줄 어찌 요량했으랴. 칼로 입힌 상처는 언젠가는 치유가 되지만 말로 입힌 상처는 평생을 간다지 않는가. 엎질러진 물을 주워 담을 수가 없으니 어이하리.

남의 자식 건사하기란 참으로 어려운 일이다. 백 번 잘하다가도 한 번 서운하게 대하면 잘한 건 간곳없고 으레 서운함만 앙금으로 석화되어 눌어붙는다. 그 앙금은 무엇으로도 잘 지워지지 않는다.

이후의 교단생활에서 변신을 애써 보았지만 마음 같지 않았다. 그렇지만 아무리 속이 뒤집힐 일이 있어도 상처 줄 말은 하지 않으리라 다짐하곤 했다. 다중을 다루는 일 중에서 각기 다른 개성들을 다 품어 안기에는 내 그릇으로는 버거웠다. 사랑과 격려로 느긋하게 바라보는 여유가 모자랐고, 가랑잎에 성냥 그어대듯 성급할 때가 많았음을 지금에 와서 뉘우친다. 지금까지의 삶은 시연試演에 부치고, 본무대가 새로 전개된다면 여한 없이 사랑을 쏟아붓고 싶다.

삶이 저물녘에 이르렀건만 아직도 욱하는 천성은 내면 바닥에서 진을 거두지 못하고 있어 씁쓸하다. 살다 보면 티격태격할 일이 어찌 없을까마는, 이 마음이 내 것이면서도 원숙하게 정돈하지 못해 후회할 때가 한두 번이 아니다. 어느 쪽으로 튈지 모를 화기는 두더지 게임처럼 내리쳐도 여기저기서 머리를 불쑥불쑥 내민다. 느닷없는 불길은 언제나 남을 먼저 해치고 마침내 스스로를 망치기 일쑤임을 겪어 왔으면서도 또다시 같은 우를 범하곤 한다. 그 참을성 없는 성정은 본전은커녕 애써 쌓아 올린 공든 탑도 일순간에 와르르 무너뜨린다. 알량

한 자존심과 이기심 그리고 아집이 화기의 원점인 것 같다.

정녕 화는 다스릴 수 없는 것인가. "화가 치밀 때는 객체로 빠져나와 화내는 본심本心의 움직임을 있는 그대로 느긋하게 바라보라. 그러고 나면 시간이 흐른 뒤에는 흙탕물이 가라앉듯 평정에 이르게 된다." 어느 스님의 가르침이 뒤통수를 친다. 이제부터 화기 어린 내 마음을 한 박자 늦추어가며 냉정하게 바라보고 평온을 구하리라.

하지만 그 불기운은 미꾸라지처럼 워낙 날쌔게 튀어나오니 어찌 틀어쥐어야 할지 두렵기만 하다.

(2014)

영원한 철부지

나 같은 어중이를 세상의 빛 속으로 이끈 남다른 양육법이 어머니에게 있었다. 어릴 적에는 뒤를 볼 때마다 내 곁에서 탈항을 거두어 주셨고, 초등학교 시절에는 거의 삼 할은 병결을 해야 했으니 건사의 수고로움이야 어찌 말로 다 할 수 있겠는가. 거기다가 딸 둘 다음에 세적世嫡을 얻은 터라 온실에서 연약하게만 자랐다. 훅 불면 꺾일 연약한 싹이지만 '너는 할 수 있다'는 사랑법을 잠시도 잊지 않으셨다.

열 살쯤이었을까. 당시 맏며느리를 참척으로 잃은 슬픔에 잠기신 친정어머니를 뵈러 어머니는 몇 해 만에 먼 나들이를 가셨다. 어머니를 따라 나도 외가에 갔다. 굴곡진 삶을 헤쳐 오신 모녀간의 사연을 하룻밤 새에 다 풀어놓을 수가 없음을 그때 나는 알 리 없었다. 첫날은 그럭저럭 보냈지만 이튿날은 시간이 도무지 흐르질 않았다. 하룻밤을 더 자고 가자는 어머니의 뜻을 진득하게 기다릴 참을성 없음이 내 철부지의 사단이 되고 말았다.

유난히 숫기가 없고 낯가림이 심했던 나는 붙임성마저 삭은 풀 같아서 외사촌들과도 서먹하게 지냈고, 모녀가 함께하는 시간이 늘어난 만큼 나에게는 무료함만 더해졌다. 머릿속은 오로지 집 생각으로만 가득 차올랐다. 집에 가자고 두어 번 조르다가 그만 삐쳐서 사십 리 길을 혼자 줄행랑을 쳤다. 그 일은 평생의 죄책으로 굳게 남아 있다. 그때만 생각하면 지금도 명치가 아리다. 혼비백산한 채 뒤쫓아온 어머니는 자식의 철없음과 스스로를 책망하는 심정이 수십만 배의 광속으로 가슴을 방망이질했을 것이다. 내 철없음이 아직도 내 안에 잠복하고 있어 편치 않다.

쭉정이나 다름없는 어머니로부터 늦둥이로 태어난 막내는 젖이 달려 배가 고픈지 우는 시간이 울지 않는 시간보다 길었다. 어머니는 밥푼 솥에다 미음을 끓여 모유로 대용해야 하였다. 아프리카 영아가 겹칠만큼 할딱거리는 어린것의 모습이 눈에 밟히었다. 학창 때 자취 생활도 빠듯하지만 아껴 모은 용돈으로 양은냄비를 하나 사드렸다. 하지만 동생은 형의 마음은 아랑곳하지 않고 딴 세상으로 날아가 버렸다.

철부지 적을 만회하려고 꾸준히 노력했다. 어머니에 대한 기대를 저버리지 않으려고 부지런도 떨었다. 내 의식의 바닥에는 어머니께 진 빚이 지하수처럼 마를 날이 없었다.

얼마 전 초등학생인 손녀가 교내 백일장에서 큰 상을 받아 들뜬 나머지 전화를 걸어왔다. 느닷없는 질문 하나가 덧붙여졌다.

"할아버지도 어릴 때 철이 없었어요?"

아픈 데를 찔린 것 같아

"할아버지도 어머니의 애를 태운 적이 많았고, 사람은 일생을 두고 철이 들어간단다."

하고 얼버무렸다. 평소에 할아버지 자랑을 하고 다닌다는데 실은 켕기는 지난 일들이 이 날따라 더 거치적거렸다.

훨씬 거슬러 녀석이 네 살 적, 아들네 식솔과 함께 한 나들이에서 슬쩍 떠보았다.

"세연이는 엄마, 아빠 중에서 누가 더 좋니?"

녀석 왈,

"우리는 가족이잖아요." 엉뚱한 대답이다.

가족은 비교해서 안 되는 관계라는 말이다. 너무나 당연한 말인데도 톡 쏘는 말이었다. 그 한 마디가 영특해 보이기도 해 우리 집의 희망으로 다가와 새삼 희열이 솟는다. 그것으로 철듦이 완성된 건 물론 아니지만….

한 번은 제 가족이 스키장에 갔을 때 어미, 애비가 장비를 챙기는 사이에 성미 급하게 혼자 리프트를 타고 올라가버리는 바람에 아이를 찾는 소동이 벌어졌다. 결국 스키 타기를 포기하고 돌아온 사건의 주인공이 되어 가족의 원망을 혼자 뒤집어쓴 적도 있었단다. 동기는 다르지만 성급하기는 할애비와 닮아 있는 것을 보면 헛웃음이 나온다.

자제력이 수양의 척도임을 좌우명처럼 받들면서도 욱하는 마음은 아무리 누르려 해도 여기저기서 머리를 내미는 두더지 게임처럼 불쑥 튀어 오른다.

'한때의 분을 참으면 백일의 근심을 면한다(忍一時之憤 免百日之憂).' 라는 경구는 볼 때뿐이고 성질대로 엎질러 놓고서는 속앓이를 하기 일쑤다. 다듬어지지 않은 내 천성이 상대를 아프게 한 일이 얼마이던가. 세월에 조금은 무디어졌지만 욱하는 성정에 안전장치가 왜 이리 어려운지 모르겠다. 정수기에 필터를 갈아 끼우듯 내 마음을 물리적으로 정화할 수 있다면 하는 동화 같은 상상까지 해본다. 마음의 움직임을 한 발짝 떨어져서 바라보아 알아차림이 수행의 경지라 했으니 명심해 볼 일이다.

어머니는 나에게 늘 면죄부를 주셨고 긍정의 미소로 사랑하셨다. 살아보아 깨달았고 키워봐서 어머니의 마음을 겨우 알 것 같다, 철듦은 '애끓음'과 '애끓임'의 치열한 화합물임을.

어머니 생전에 고맙다는 말씀 한마디도 드리지 못한 못난 숫기가 후회스럽다. 뜻대로 행하여도 도리에 어긋나지 않는다는 종심從心의 나이에 이르렀건만 아직도 철들어가는 중이다. 유행가 노랫말처럼 '당신 앞에서는 영원한 철부지'일 뿐이다.

(2010)

합제단 위패

야트막한 산비탈 길에도 숨이 찬다. 우리 입향 시조는 하필이면 개울을 빼면 남을 게 별로 없는 골짜기에 정착하셨을까. '낫거리[掛鎌]'라는 속칭이 붙은 걸 보면 앞 뒷산이 이마를 맞대어 있어 낫을 걸어 둘 만큼 답답한 산골임을 스스로 고백하는 이름이다. 광야를 품은 임산배수의 명당에 삶의 터전을 잡았더라면 자손이 훨씬 번창했을 텐데… 하는 아쉬움을 어릴 때부터 품었었다.

입향조의 혈통, 생몰 연대와 아울러 '천품이 순근純謹하고 지행志行이 고결하셨으며 (중략) 초연히 속세를 벗어난 삶으로 마감하시었다.' 라는 소박한 선비의 행장을 빗돌에 새겼다. 비명碑銘을 읽고 보니 내 생각이 어렸음을 깨닫는다.

"유좌 묘 앞에는 절대로 못 놔요."

닭의 좌향에 상석을 놓는 것은 마치 달걀 위를 돌로 누르는 형국이기 때문에 큰 화를 입는다는 게 아버지의 지론이었다. 그로부터 사 십여 년이 흐른 오늘, 아버지의 풍수론대로 비껴 놓은 그 상석 앞이다.

굽은 소나무가 선산을 지키는 처지로 살며 소문중을 이끌어 오시던 아버지의 모습이 오석에 얼비친다. 선조를 받들며 문중의 체통을 지키고자 한 아버지의 집념이 새삼 돋보인다. 석물 비용을 마련하기 위하여 나물죽으로 연명할지언정 여러 해 동안 집안을 설득하여 나락 몇 되씩을 모아 석물을 세웠으니 도끼를 갈아 바늘을 만드는 일만큼 힘든 일이었을 것이다. 또한 해마다 늦은 가을이면 두루마기 자락 펄럭이며 불원천리 시조 향사며 윗대 묘사 참석으로 출입이 잦으셨던 아버지였다.

종형이 내게 한 말이 귓전에 맴돈다.

"자네는 작은 아버지를 빼닮아가고 있네."

내가 생각해도 유전자의 조화造化가 참 묘하다 싶다. 아버지를 닮아가는 걸 의식하면 문득 문득 놀랄 때가 있다. 외모, 성격, 의식까지도 닮았다는 소리를 들을 때가 있다. 게다가 요즘은 크고 작은 종사 일로 아버지의 전철을 밟고 있으니 말이다. 성가시고 번거로운 문중 일을 내가 안 하면 누가 하랴는 생각이 드는 것은 타고난 팔자인지도 모를 일이다. 문중 일을 들추면 마음 졸일 때가 있다. 종재宗財 잔고가 줄어도, 제관이 적어도 걱정이다. 제향일을 일요일로 바꾸어 보아도 참여하는 사람은 별로 늘지 않아 고심한다. 한 핏줄이 한 마음으로 한 오리의 실과 같이 움직여주면 오죽 좋으련마는….

2:8의 법칙이란 게 있다. 어느 집단에서나 그 집단의 발전을 견인하는 무리는 20%에 불과하다고 한다. 그들은 책임감과 헌신을 감내

해야 한다. 나는 아내로부터 사서 고생을 한다는 책망을 무릅쓰고 종사에 골몰한다. 보수는커녕 소소한 일로 자기 주머니를 축내지 않고는 감당할 수 없다. 사명감 말고 무슨 힘이 조상을 받드는가. 종교적 믿음은 조상 숭배에서 비롯되었다고도 한다. 조상을 받드는 행위는 주로 유교적 질서를 따른다. 내가 존재할 수 있게 한 조상에 대한 보은 의식儀式에 다름아니다. 조상 숭배는 자손의 도리를 행함으로써 떳떳하고 편안함을 얻는다. 아무리 열심히 믿어도, 조상을 극진히 모셔도 운명의 신과 맞닥뜨리면 피해 갈 수 없는 게 세상 이치다. 복은 주면 주는 대로 안 주어도 그만이지만 도리를 행함으로써 떳떳하고 내 마음에 평화가 올 뿐이라는 소박한 마음이 아니면 할 수 없는 게 종사 일이다.

세대가 멀어진 무덤은 잡초가 우거지고 후손의 발길도 끊어지고 있다. 시쳇말로 배를 곯는 조상이 늘어나 열선조에 대한 죄스러움에 가책을 왜 내가 느껴야 하는지 나도 모르겠다. 바야흐로 장묘제도도 변화의 바람이 일고 있다. 가족이나 문중 공원묘지를 조성하여 숭조崇祖에 따른 시공간과 수고로움을 줄이려는 흐름으로 가고 있다. 명당 개념도 '우버스 좌택시'라는 우스개가 회자될 정도로 산 자의 편의성을 앞세운다.

우리 문중도 과제를 안고 있다. 우리가 벌초하고 묘사를 차리던 세대가 높으신 삼부자의 묘소는 이웃 마을의 가파른 9부 능선에 계신다. 산세가 험하여 벌초 때 술 한 잔의 고유로 때우거나 망제로 대신해보았지만 들쭉날쭉한 예우로 죄를 짓는 것 같았다. 간소하지만 조상을 빠뜨리지 않고 묘사를 지낼 묘안은 없을까. 입향조를 위시하여 당신의 증손까지 합제단에 함께 모셔서 제향을 올리자는 결론에 이르렀다. 이를테면, '30세손 휘 길동, 배 경주 김씨의 자리' 와 같이 열선조의 위패를 새긴 표석을 상석 뒤에다 세우니 그럴듯한 합동제단이 되었다. 가을 묘사부터 입향조의 증손자대까지 한자리에 모셔서 향사를 올릴 터이다. 후손의 발길이 끊겼던 선조의 제향까지 합제단 하나로 한 자리에 모실 것을 상상만 해도 즐겁다. 여태 술 한잔조차 흠향하시지 못해 서운해 하셨던 선조님들의 영혼에 조금이나마 위안이 되시리라 생각하니 내 마음이 환해진다. 그옛날 입향조 산소에 입석하던 날 아버지의 감회가 이 자식과 비슷하였으리라. 가파른 산길에 무거운 석물을 옮겨 준 고향의 젊은 수하들에게 수고비를 내밀었다.

"조상 일이 내 일인데 뭐요."

손사래를 치는 종질의 한 마디가 가느다란 전율로 내 가슴에 전해왔다.

(2017)

항심恒心

묵은 때를 벗기러 모처럼 대중탕에 갔다. 매일 3,4킬로미터를 걷지만 땀을 잘 흘려 샤워는 주로 집에서 하지만 오늘은 큰 마음을 먹었다. 자욱한 김이 서린 후끈한 욕탕 안은 내 육신을 반갑게 맞아들였다.

애벌로 샤워를 하고 뜨뜻한 욕조 안에서 때를 불린 다음 때 밀기를 시작한다. 덕지덕지 진을 치고 있는 가슴팍 때부터 공략해 간다. 바로 옆에 백발이 성성한 노인이 샤워기를 틀어 놓은 채로 때밀이 수건을 움켜잡고 등을 좌우로 문지른다. 한데 수도꼭지를 잠그지 않아 대야에는 물이 콸콸 넘쳐나도 예사로이 여긴다. 이런 못마땅한 광경을 보노라면 괜스레 심사가 달아오른다. '돈을 냈으니 흥청망청 물을 써도 된다는 게 말이 되느냐, 나이 먹어도 헛 먹었네….' 온갖 비난이 마음속에서 부글부글 끓는다. 눈 딱 감으면 그만인 것을… 아니야. 아닌 것은 아니라 해줘야 깨닫지 않겠나. 부글거리는 마음은 순간도 멀다 하고 온탕, 냉탕을 들락거린다. 아내가 옆에 있었다면 일언지하로 별난 참견을 다한다고 책망이 날아왔을 것이다. 마침 종업원이 오기에

이 광경을 손가락으로 가리켰더니 "이게 다 돈인데…." 구시렁거리면서 꼭지를 잠그고 지나갔다. 이제 됐다 싶었다. 하지만 기대는 빗나갔다. 종업원이 지나가자 그 노인은 여전히 물이 넘치는 것을 아랑곳하지 않으니 내 신경은 더 날이 선다.

"물 좀 잠가 놓고 씻지요?"

나무라듯 한 마디 던졌다. 그제야 수도꼭지를 오른쪽으로 왼쪽으로 돌리며 잠가 보려고 애쓰는 게 아닌가. 꼭지가 잠가지지 않자 "이거 안 되네." 하며 어쩔 줄 몰라 하는 게 아닌가. '하, 이 양반이 잠글 줄을 모르는구나. 내 억측이 완전한 곡해였다. 섣부른 속단이 엄청난 파장을 몰고 온 사례가 세상사에 얼마나 많았던가. 더 신중하자. 진실을 보자. 참을 인자 백 번 쓰면 살인도 면한다지 않는가. 내 경망함이 그 노인의 수도꼭지에서 메아리 되어 날아온다.

목욕탕을 리모델링하면 수도꼭지도 새것으로 바꾼다. 요즘 수도꼭지는 열고 잠그는 방법이 목욕탕마다 제각각이다. 수도꼭지를 열고 잠그는 방식이 전혀 엉뚱한 경우가 많아 나 역시 낯선 건물의 화장실에 가면 헷갈린다. 손잡이를 내려야 열리는 경우가 있는가 하면 올려야 열리는 경우가 있다. 나도 한때 이 목욕탕에서 샤워기 꼭지를 잠글 줄 몰라 좌우로 돌리다가 밀어보고 당겨보는 시행착오 끝에 터득하지 않았던가. 시설 이용에 서툰 고객이나 물을 허투루 쓰는 고객을 일깨워 주는 종업원의 배려가 아쉽다. 조작법에 익숙한 젊은 사람들 중에도 샤워기를 열어놓고 양치질이나 비누칠을 하는 경우를 심심찮게 보게 된다. 물을 물 쓰듯 하는 주인정신이 실종되는 작금의 세태가 한심스럽다.

차를 몰고 달리다 보면 도로 위에서도 눈에 거슬리는 경우를 흔히 본다. 차창 밖으로 담배꽁초가 휙 튀어나오는 장면이다. 더 화를 치밀게 하는 경우는 고급차에서 버려지는 경우다. 인격이 '차격車格'을 못 받쳐주기 때문이다. 꽁초는 골초를 닮아 싸늘한 길바닥에서도 버린 주인을 닮아서인지 아무렇지도 않다는 듯 염치도 모른 채 하얀 연기를 모락모락 피워 올린다. 신호 대기 중이라면 그 꽁초를 집어 운전석 안으로 도로 던지고 싶은 충동이 인다. 어떡하면 점잖게 버릇을 고쳐줄까. 뾰족한 방법이 떠오르지 않아 답답하다.

한때 질서 캠페인으로 내건 슬로건이 퍽 인상적이었다. '질서는 편한 것! 아름다운 것! 안전한 것!' 질서의 속성을 아주 잘 표현한 것이와 닿았다. 오랫동안 좌측보행을 해오다가 우측보행으로 규칙이 바뀐지가 몇 년이 흘렀다. 하지만 계도보다 시민 자율에 맡긴 탓인지 아직도 좌측통행과 우측통행이 뒤섞이어 혼잡을 유발한다. 반드시 맞은편에서 오르내리는 통로를 열어놓아야 하지만 시민들에게는 그런 배려가 보이지 않는다. 남을 배려하는 마음이야말로 선진국으로 가는 이정표라 생각한다. 우측통행만이라도 제대로 지킨다면 '만인형통萬人亨通'될 것이다. 기초질서는 거대 담론이 필요하지 않다. 각자가 결심하면 아주 쉬운 일이다. 어떤 경우에도 변하지 않는 항상심이 필요할 뿐이다. 상식이다.

오천년 가난을 근면으로 탈바꿈했듯이 공중질서도 적극 계도로 전환할 필요가 있을 성 싶다. '우측보행은 아름다운 것, 편한 것, 안전한 것'이란 피켓을 들고 지하철 승강장이나 길거리에 나가서 캠페인이라도 벌일까 하는 충동을 느낄 때가 있지만 자신이 없다. 제 눈의 들보도 못 보는 사람이?

1980년대 초에 일본에 가서 가벼운 충격을 받은 적이 있다. 어느 뜸한 골목길 횡단보도의 신호등 앞이었다. 골목을 드나드는 차량이 거의 없는 데도 일본 사람은 미련스러울 정도로 신호를 기다리고 서 있다. 나는 평소대로라면 슬쩍 건너가 버리고 싶었지만 '어글리 코리언'으로 낙인찍힐까 두려워 그들을 따라했다. 느긋한 일본인의 질서의식에 감동했다.

우리 집 근처에도 T자형 도로에 일본의 그 곳과 닮은 편도 1차선 골목이 있다. 매일 밤 건너다니는 산책길이다. 큰길에 접해 있어 신호등이 있다. 이 골목에 진출입하는 차는 신호가 두어 차례가 바뀌는 동안 한 대도 통행하지 않는 한적한 횡단보도이다. 좌우로 오는 차가 없으면 우리는 슬쩍 무단횡단을 하곤 한다. 놀랍게도 요즘은 젊은이들이 신호를 더 잘 지킨다. 젊은이들의 질서의식과 인내심이 생각 밖이다. 홀로 있을 때 삼가함(愼其獨)을 지킬 때 항심(恒心)을 내가 저버리고 있다니. 나는 아직도 항심과 방종 사이에서 흔들리고 있다.

(2017)

Ⅲ

그리움

내 고향 평지마의 추억

고향이란 말만 들어도 어머니의 태중이 이처럼 안온할까 싶다. 근대화의 파고에 휩쓸려 고향을 떠난 사람들이 그곳을 지키는 이들보다 많아졌다. 어쩌면 고향이란 떠난 사람을 위해서 생긴 말일 것 같기도 하다. 남은 자와 떠난 자의 추억은 영 다를지도 모른다.

내 고향 '평지마'는 듣기만 해도 지세를 알아차릴 것이다. 배산임수의 평평한 마을로 앞에는 널따란 들판이 펼쳐져 있어 푸근하게 느껴진다. 마을을 감싸고 흐르는 실개천은 마을 사람들의 전천후 세면장이자 아낙네들의 빨래터다. 이 마을 우물은 개울 건너에 딱 하나만 있는 게 특이하다. 배를 닮은 형국이라 마을 안쪽에 우물을 파면 화를 입는다는 속설을 굳게 믿었기 때문이다. 묵은 향나무 한 그루가 개울가에 늘어뜨려져 있어 한 점의 동양화를 보는 듯 했다. 우물가는 아낙네들의 수다로 하루가 시작되고 저물녘이면 다시 분주해지는 소통의 광장이 된다. 동네 사랑방에는 청년들이 모여서 새끼를 꼬고 삼태기를 삼으면서 이따금 쏟아내는 신소리가 골목에 넘쳐난다. 그래서 밤

마실 가는 일은 사람 사는 세상답게 구수하다. 바보상자라는 TV에 발목 잡힌 요즘 세태와는 딴판이던 시절이었다.

모내기가 끝난 봄이면 뒷산 묏벌에서 화전이 열린다. 화전은 농사꾼들의 축제였다. 아낙들은 참꽃잎을 따다 얹은 떡과 술을 빚어오고 마을 사람들은 한바탕 풍악으로 고단했던 육신의 피로를 씻어낸다. 물색 고운 옷으로 치장한 여인들의 화사함과 흐드러지게 핀 참꽃이 봄바람에 어우러지는 하모니는 추억을 오래 물들인다.

팔베게 베고 누웠어도 낙이 그 속에 있다는 낙천樂天이 늘려 있는 데가 고향이다. 큰비가 오면 오는 대로 좋은 일이 생긴다. 천렵이 제격이다. 불어난 개울물에 브이V 자 모양으로 돌멩이를 모아 축을 쌓은 다음 싸리로 엮은 발을 치고 물고기가 걸려들기를 기다린다. 하룻밤 새 걸려든 피라미, 송사리, 새우 등 두어 사발을 건져내면 대박이다. 얼큰한 매운탕 맛은 메말라 있던 시골 사람들의 뱃속을 얼큰하게 채워 주기에 안성맞춤이다. 병들어 천명을 못다 한 소는 온기도 가시기도 전에 야음을 틈타 도굴되어 육보시의 제물이 된다. 상실의 아픔에 괴로워하는 이에게는 가혹한 일이지만 궁핍했던 마을 사람에겐 소고기 맛의 진수를 깨닫게 되는 기회이니 아이러니가 용인되었던 고향!

우리 집은 마을에서 가장 오래된 집이다. 칠 남매가 태를 갈랐고 철이 들었던 둥지다. 큰방은 참 신기한 구조로 안쪽에 골방이 있어서 이부자리와 옷가지를 넣어 두었으니 붙박이 옷장인 셈이다. 아랫목에는 키 높이쯤에 벽장이 있어서 유성기(축음기)와 곶감, 참기름병 등 일급 귀중품을 간수하던 공간이었다. 나에게 쓴 탕약을 먹일 때면 어머니는 으레 벽장 깊숙이 감추어둔 곶감을 꺼내 주시던 요술 저장고다. 산판이며 갈저 사업(칡넝쿨을 삼무지하듯이 해서 벗긴 껍질로 벽지를 만드는 원료로 쓰임. 독일로 수출)으로 대가족을 거느리고도 땅을 늘리며 머슴을 두어 가세를 불리어 낸 대주의 꿈이 이 큰방(안방)에서 싹텄으니 우리 집의 성지인 셈이다. 지금 보아 좁아터진 방이지만 우리는 큰방으로 불렀다.

대청은 여름 한 철 낙원이다. 대청 북쪽 벽면 위에는 한지를 접어 우리 집을 수호하는 성주신을 앉혀 모시고 추수를 마치면 시루떡을 빚어 추수감사제를 지낸다. 대청 천장 앞 들보에 붙어 있는 제비집에는 어미가 물어다 주는 먹이를 제비 병아리들이 빨간 주둥이를 벌리고 서로 받아먹겠다고 내미는 귀여운 입질 모습에 우리는 반했다. 지저분하게 떨어지는 제비똥 쯤은 날렵한 제비의 새끼 사랑을 보는 재미에 비하면 대수가 아니었다.

아름드리 통나무로 육중하게 짜 맞춘 대청의 묵은 마루바닥은 주인의 끈끈한 사랑을 받아왔다. 엉덩이를 쳐들고 대청을 닦는 일은 좀 귀찮은 일이었다. 하지만 거무스레한 마룻바닥이 뿜어내는 송진 내음과 물걸레 냄새가 어우러져 코끝을 스칠 때면 기분이 상쾌해진다. 말끔하게 걸레질한 대청바닥에 큰 대자로 벌러덩 누우면 등짝이 금방 서늘해 와 온몸의 피로가 금방 풀리는 것 같았다.

성인이 되자 건넌방은 내 차지가 되었다. 해방과 동시에 아버지가 일본에서 가져오신 양말 짜는 기계가 윗목 구석에 매달렸다. 부업용 그 기계가 메마른 가계에 원군이길 바랐으나 이내 사라지고 말았다. 숨 막힐 듯 비좁은 공간에서 촛불을 밝히고 모기와의 전쟁을 치르면서 일구어낸 소논문으로 전국단위에서 큰상을 받자 당시 교직에 대한 권태로움에서 탈출할 수 있었던 잊지 못할 위대한 산실이 되었다.

농촌 사람들의 부의 척도는 곳간의 식량과 집안에 쟁여놓은 땔감의 분량이었다. 등 따습고 배부른 게 제일인 것은 이를 두고 한 말이 아니던가. 나무를 베어 와서 음식을 익히고 방구들을 달구었으니 요즘 보일러를 쓰는 집이면 기름 탱크를 채우거나 연탄을 가득 들여 놓으면 푸근해지는 것과 다를 바 없다. 겨울이면 어른, 아이 할 것 없이 지게를 지고 산에 가서 삭정이, 고주배기(땅에 박힌 채 썩은 소나무의 그루터기), 솔가리, 청솔가지 등을 채취해다 날라야 했다. 우리 집 삽작거리에는 언제나 솔가지 더미가 위용을 떨치며 수문장처럼 서 있었고 뒤란 처마 밑에는 장작더미로 꽉 차 있었다. 차곡차곡 쌓아 올린 솔가지단(사투리로 '소깝삐까리'라 불렀음)과 쟁여놓은 장작더미의 높이는 우리 가족의 자부심의 표상이었다. 농번기에 솔가지단이 헐릴 때면 아버지의 경계심은 예민해지신다. 대주의 눈치를 살펴야하는 며느리의 간은 자연 콩알만큼 오그라든다. 솔가지 더미는 신성시되어 좀처럼 바닥을 드러내는 일이 없다. 겨울철에는 아예 시퍼런 청솔가지나 꽝꽝 언 아까시를 베어다가 불을 지핌으로써 솔가지더미를 보전해야 했다.

종형에게로 넘어간 지 오래된 고향집을 찾았다. 종형 내외분은 세월에 떠밀려 저세상으로 떠나 썰렁한 빈집이다. 얼기설기 땜질식 수리를 한 집은 풍각쟁이 몰골이나 다름없었다. 문짝은 돌쩌귀가 빠져 있었고 군데군데 허물어져 내려 성한 데를 찾기가 힘들었다. 어린 시절 아버지와 우리 삼 형제가 거처하던 사랑방에 고개를 들이밀었다. 이 좁은 방에 네 식구가 어떻게 발을 뻗고 잤는지 도저히 믿어지지 않았다. 괘종시계가 옛날 그 자리에 걸려 있고 그 옆에는 종형네 가족사진이 액자 속에서 연륜을 세고 있었다. 명필로 이름난 재종숙부님이 육십 여 년 전, 대들보에 걸터앉아 상량문을 쓰시는 모습이 아직도 생생한데 그 글씨를 보고 싶지만 반자로 막혀 있었다. 언젠가 이 집이 헐릴 때에는 꼭 사진으로라도 남기고 말리라.

초가집에서 중의적삼에 보리밥, 조밥으로 끼니를 이어 영양실조로 마른버짐을 끼고 살았지만 더우면 금방 '방구 모티(바위 밑 소)'로 달려가서 물장구치며 멱 감던 어린 시절이 좋았었다. 누에고치를 푸는 냄비 옆에서 번데기를 집어먹으며 행복에 겨워했고, 삼을 삼는 누나들이 쪼개어 먹던 떫은 감 쪽도 얻어먹곤 했다. 무명, 삼베, 명주 길쌈하시던 어머니의 전능에 가까운 기량에 예수, 부처, 공자보다 먼저 경배를 올리고 싶다. 날마다 소 먹이러 오르내리던 작은 용골, 큰 용골은 자욱해진 수풀로 발 들여 놓을 엄두를 못 낸다. 삼무지를 끝낸 뜨거운 돌무덤에 감자를 구워 먹던 개구쟁이 시절도 눈에 선하다.

고향이란 내 첫울음을 토한 곳, 어머니 아버지가 가장 먼저 떠오르는 곳, 원초적이고 많은 추억이 쌓인 곳, 아무 꾸밈없는 의식의 벌거숭이로 살던 곳, 눈을 감아도 보이는 그리움의 결정체다. '고향의 노래'가 내 향수의 농도를 보탠다.

달 가고 해 가면 별은 멀어도
산골짝 깊은 골 초가 마을에
봄이 오면 가지마다 꽃잔치 흥겨우리
아 이제는 손 모아 눈을 감으라
고향 집 싸리울엔 함박눈이 쌓이네

세기를 넘나들며 살아온 떠난 자의 묵은 소회를 후손들이 전설로라도 읽어주면 고마우련만….

(2016)

또 하나의 집

셋방살이 다섯 해 만에 소망하던 양옥으로 이사를 하였다. 방과 부엌이 넓어 여섯 식구가 기거하기에 한결 편했다. 아이들의 소란에도 콘크리트 벽은 소리를 가두어 주니 주인 눈치 보느라 신경을 곤두세우지 않아도 되었다.

기쁨도 잠시였다. 첫 겨울을 나던 중에 사단이 벌어졌다. 천정 벽지가 습기로 말미암아 온통 곰팡이로 얼룩진 모습이 주인의 눈에 띄자, 며칠 뒤 어디 집 좀 알아보라는 조심스런, 우리에게는 날벼락 같은 언질이 날아들었다. 재직하던 학교의 학부모이기도 했던 그들이라 몇 번이나 망설이다 내놓은 말이겠는가.

당시 그 지역은 거센 개발 바람으로 문전옥답들이 하루가 다르게 번듯한 양옥 군상群像들로 탈바꿈하였다. 양옥은 올망졸망한 아이들을 기르기에 안성맞춤일 것 같아 신기루에 미혹되듯 더욱 이끌렸다. 그러나 거기에 다가가기란 꿈이었을 뿐이었다.

마음이 바빠졌다. 어른들로부터는 이제 막 젖 떨어진 송아지를 팔아 오고, 직장 동료에게는 곗돈을 먼저 뽑아 줄 것을 부탁했다. 어렵사리 열 두어 평의 반 양옥을 일구어 어엿한 집 주인이 된 것이다. 방 하나를 사글세까지 놓았으니 '인생 역전'을 이룬 셈이다.

대구 근무 만기로 경북 북부의 오지로의 순환 전보가 있었다. 이는 인연의 사슬에 얽혀 친척들의 유학생까지 거두어야 했던 도회 생활의 질곡에서 벗어날 호기였다. 동구 밖 낡은 정미소를 개조한 외딴집에 소박한 세간을 풀었다. 봄, 여름, 가을을 꿈같이 보내고 첫 겨울을 맞았다. 방학 동안 비워두고 고향을 다녀오니 연탄보일러가 동파되어 버린 것이 아닌가. 밤새도록 꽁꽁 언 보일러와의 전쟁을 벌인 일은 이제는 좀 편해지려나 하는 기대를 꺾어버리고 말았다.

아이들이 자라자 도회로 돌아와 방이 셋인 아파트에 삼대, 여덟 식구가 살아야 했다. 오랜만에 대가족이 함께 살아 큰 걱정은 덜었으나 걱정의 그루터기는 남았다. 각각의 방을 보장하는 문제였다. 궁여지책을 쓸 수밖에 없었다. 거실의 천정에 홀딩도어를 매달아 낮에는 거실, 밤이면 아들 방으로 사용한 것이다. 궁색을 면치 못하는 가장으로서 자괴감에 빠지기도 했다.

입고 먹고 몸담아 사는 거처가 사람살이의 기본이 아닌가. 아등바등 이 세 요소를 얻어내는 과정이 얼마나 고단했던가. 조개껍데기까지 화폐로 쓰였듯이 사람들은 몸을 들이밀어 사는 주택을 재테크 수단으로 변질케 하였다. 최근에는 주택경기가 얼어붙어 다주택이 오히려 애물로 전락하는 실정이다. '집 많은 빚쟁이, 세입자는 부자'라는 말이 오르내릴 정도로 사태가 역전되어 인간사 새옹지마가 되었다.

세월에 떠밀려 어른들은 먼 길을 떠나시고 자식들은 성장해서 외지로 나가, 부부만이 동그마니 남게 된 지 십여 년이 되었다. 오랫동안 일조량에 주려온 터라 작심하고 볕 잘 드는 고층으로 옮겼다. 두 식구만 사는 공간이 허허롭기는 하지만 안락하기 그지없다. 주거住居로 인한 애환은 이제 막을 내린 듯하다. 치열하게 살아야 할 명분도 사라졌다.

늙는다는 것은 한 가지씩 잃어가는 과정이 아니겠는가. 정지停止를 향한 감속의 과정일 듯도 하다. 늙지 않으려 애 쓰지만 총기는 바래지고 거동은 굼떠지며, 삶의 탄력은 삭은 고무줄처럼 느슨해진다. 그리고 서서히 마무리에 이르게 될 것이다. 명줄이 다하면 인간은 예외 없이 '또 하나의 집'으로 옮겨지게 된다.

최근 주목받는 이벤트로 '웰다잉Well Dying'은 행복한 죽음을 맞이하자는 캠페인인 성싶다. 유서 쓰기, 관 속에 누워보기와 같은 임사체험臨死體驗은 다가올 죽음의 두려움에 대한 체감遞減 효과와 더불어 자기를 되돌아보고 앞으로 좋은 삶을 다짐하는 계기를 주는 행위인 것이다. 서서히 냄비를 달구어 수온의 열기를 감지하지 못한 채 괴로움 없이 죽음에 이르게 하는 '개구리의 냄비'처럼 내성을 쌓는 예행연습이 웰다잉이 아닐까. 잘 죽는다는 것이 어찌 그것뿐이겠는가. 칡넝쿨처럼 얽혀든 인간관계를 삼을 삼듯 풀어 사려 놓고, 일생 동안 신세 지고 빚졌던 짐을 부려 놓아 영혼을 정갈하게 소제하고 정돈하는 일도 중요할 것 아닌가.

스스로 삶을 끝내버린 어느 전직 대통령이 남긴 말이 가슴을 적신다. "너무 슬퍼하지 마라. 삶과 죽음이 모두 자연의 한 조각 아니겠는가." 그의 마지막 말은 깨달음에 이른 보살의 일갈인 양 울리어 온다. 삶과 죽음이 자연의 섭리인 것을 선뜻 받아들이며 집착과 영욕의 사슬을 끊어 던지고 홀홀히 떠났다. 한 줌의 재가 되어 파격적인 장법으로 대지에 잠들었다.

선고先考 옆에 열 평 남짓한 잔디밭을 마련하였다. 때마침 4월 초순이라 복사꽃, 산 벚꽃이 신록 속에서 더욱 화사하게 흐드러져 산기슭을 물들였다. 무릉도원이 이보다 더 아늑할까. 잔디가 뻗어나갈 작은 공원에는 초록의 숨소리만 들릴 뿐 정적과 평화가 서리고, 우리 부부는 부모님 곁에서 옛이야기와 후일담을 나눌 수 있어 외롭지 않을 듯하다. 다시 선대의 슬하에서 평안을 누릴 것이다. 애써 마련했던 둥지와 그 속에서의 일상을 허물처럼 벗어버리고 이곳으로 올 것이다.

'또 하나의 집' 마저 마련하였으니 집 때문에 더는 마음 쓸 일이 없어 느긋하다.

(2009)

※삼을 삼다. (하나하나의 올을 하나는 삼머리쪽과 또 하나는 아래쪽을 이음으로서 실을 만드는 과정)

사다리

아버지! 하면 얼른 떠오르는 정경이 하나 있다. 아버지가 정말 신바람 나 보이던 모습이 아직도 선하다. 좋은 값을 받겠다고 부산으로 팔려 간 복숭아가 범벅처럼 물러터진 것에 몸서리치고 나서 복숭아밭을 논으로 바꾸는 작업을 하던 때였다. 우리 동네에서는 내가 처음으로 고등학교(사범학교)에 진학하게 되었고 입학시험에 합격한 일로 아버지의 웃음소리는 골 안이 울리도록 컸었다. 그 소리는 울력 나온 동네 사람들 어깨너머로, 팔 뻗치면 닿을 듯한 산기슭에 메아리쳐 돌아왔다. 자식이 땅을 파지 않고 국록을 먹게 되었으니 천지개벽이 별거인가 싶었을지도 모른다. 개답하던 밭에서 본 아버지의 그 신명을 잊을 수가 없다.

청년 시절 아버지는 일본으로 징용되어 가셨다. 탄광 막장일을 끝내고 오사카에 눌러앉아 조그마한 가내공업으로 꽤 많은 돈을 벌어 고향의 큰집으로 부쳤다. 해방되자 고향으로 돌아왔지만 돈은 흔적이 없어 짚고 일어 설 언덕이 없었다. 농사 말고는 마땅한 일자리가 없어 고향에 눌러앉기로 하였다. 물려받은 땅이라곤 오뉴월 볕도 외면하는 산비탈 메마른 밭뙈기 한 뼘뿐이었다. 너무 막막했다. 살림 났다 하면 큰집 아래 작은 집, 또 그 집 아래 동생 집…. 물 마른 개울에 올챙이가 오글거리듯 그렇게 집성촌을 이루어가던 시절이었다.

맨주먹으로 가난과 씨름을 벌여야 했다. 소작농으로 호구하면서 허리띠를 졸라맸다. 가뭄으로 바싹 마른 개울에 도랑을 치면 물은 아주 조금씩 짜여 고인다. 자국물에 지나지 않지만 기다리고 기다려 밤이 이슥토록 퍼 올리면 가뭄에 빌빌 꼬였던 벼 포기는 생기가 돈다. 송기죽과 희멀건 콩잎죽으로 연명하며 한푼 두푼을 모아 종자돈을 키워갔다. 마른 수건을 비틀어 짜며 애면글면 모은 돈으로 아무도 거들떠보지 않는 다락 논 논배미를 사들였다. 예닐곱 다랑이를 합쳐야 겨우 한 마지기가 되는 실뱀처럼 가느다란 다랭이논이지만 우리 땅이라는 자부심으로 희망의 싹으로 키워갔다. 연전에 가천 다랭이논을 가 보았지만 그 논은 오히려 품 너른 광장 같아 보였다.

하잘것없는 다락논이지만 그것은 아버지의 사다리가 되었다. 척박한 땅에 쏟아부은 공력은 애착심을 초월했다. 상상을 뛰어넘는 노력으로 알찬 소출을 올리니까 동네 사람들로부터 신농씨라는 별명까지 얻었다. 해마다 장리長利 양식으로 보릿고개를 넘던 악몽도 벗어날 수 있었고 문전옥답도 수중으로 들어오게 되었다. 가난의 굴레를 빠져나올 수 있었던 힘은 탄광 막장에서 단련된 아버지의 양어깨에 뭉쳐 있던 굳은살에서 나왔다. 아버지의 일거수일투족은 우리 칠 남매의 교본이 되었다. '큰 복은 하늘의 뜻이고, 작은 복은 부지런함에 있다'는 아버지의 말씀을 지겹도록 들으며 우리는 자랐다. 가난에서 탈출하는 길은 근면 절약뿐임을 실천으로 설파하신 것이다.

둘째 누나가 결혼을 하였다. 촌뜨기 새 신랑이 처가에 올 때마다 허름한 바지에 와이셔츠만 걸친 모습이 안쓰러웠던지 어머니는 사위에게 양복 한 벌을 해주자고 아버지께 졸랐다. 어머니의 간곡한 권유에도 아버지는 바위에 대침 찌르기로 꿈쩍도 하지 않았다. 보다 못한 나는 어머니 역성을 들었더니 베고 누웠던 목침을 들어 나를 내리 치려 하였다. 화들짝 놀랐다. 생전 처음 본 아버지의 극단이었다. 당신의 이념에 반하는 누구도 용납 않겠다는 철통 메시지였다. 한번 아닌 것은 절대 굽히지 않는 우리 집의 절대 권력자였다. 가난을 몰아내려는 당신의 의지가 나약한 동정심으로 훼손될 수 없다는 강력한 경고였다. 참으로 무정한 아버지가 원망스러웠다. 설득해낼 방도가 없었다. 칠남매 아홉 식솔을 건사하면서도 동네에서 가장 넉넉한 집으로 형세를 늘렸던 것은 아버지의 냉혹한 의지의 결실인 것이다. 뭔가 다르지 않고서는 고난을 이길 수 없다고 믿으신 걸까.

늦게 얻은 아들이라서 그런지 나는 이 날 노여움 말고는 아버지로부터 꾸지람을 들은 기억이 없다. 관청에서 출장 나온 사람들은 으레 아버지를 찾았고 아버지는 지역의 여론을 이끄는 지방 유지였다. 아버지는 내가 다니던 초등학교 사친회장이었으니 해마다 가을운동회 때면 천막을 친 본부석에서 아들의 운동회를 바라보시곤 하셨다. 그럴듯한 자리에 앉았지만 달리기 경주에서 아들을 바라보는 기분은 쥐구멍을 찾고 싶었을 것이다. 같은 조 맨 끝에서 한참 뒤처져 뒤뚱거리던 아들은 번번이 그랬으니까. 달리기가 없는 운동회는 왜 없을까 하는 가당찮은 생각이 내 유년의 머릿속을 지배했다. 하지만 대놓고 언짢아하시는 아버지의 모습은 한 번도 본 적이 없다.

아들에 대한 따로 작심한 게 있어서일까. 아버지는 날이 희붐하면 쇠죽솥에 불을 지펴놓고 나를 깨우셨다. 비료 포대를 물에 우려 말린 다음 다리미로 다려 책을 매고, 먹으로 줄을 긋고 손수 붓으로 참하게 쓴 천자문으로 나를 가르치셨다. 아들의 글 읽는 소리를 들으며 아버지의 마음은 회심의 미소를 지으며 뿌듯해하셨을 것이다. '어디 두고 보라지. 달리기는 꼴찌를 해도 우리 아이가 어떻게 될지 누가 알아?' 아마 이런 오기를 품으셨을 것이다.

중학교에 진학하자 한자를 잘 안다고 급우들이 나를 쳐다보았다. 달리기로 움츠렸던 내게 자신감이 움트기 시작했다. 한자 말을 이해하기 쉬웠고 교과공부에도 도움이 컸다. 아버지의 웅숭깊은 자식 사랑이 나의 사다리가 된 것이다.

아버지께서는 피땀 흘려 가산을 일구며 손수 쓰신 천자문으로 나를 깨우치신 일들이 모두 사다리가 되었다. 세상의 아버지가 자식의 사다리가 되기를 마다하는 사람이 있을까마는 이 늘그막에 복숭아밭에서 활짝 웃으시던 아버지의 모습이 새삼 그립다.

올해도 선영 앞에 섰다. 왕성하시던 성정을 닮아 묘역에 풀들이 무성하다. 아버지의 굵은 손마디가 눈앞에 어른거린다. 아버지의 거친 손을 덥석 잡고 싶다.

"아버지, 당신은 우리 집의 위대한 지도자였습니다. 당신의 깊은 뜻에 살아생전 감사하다는 말씀 한 번 못 드려 죄송합니다."

(2015)

소멸의 아름다움

텃밭 둘레에 호박을 심었다. 밭 가장자리에 뿌리를 내린 호박은 잘 다듬어 놓은 가운데를 이웃에 내어주고 묵묵히 변방으로 뻗어나가는 모습이 한결 너그러워 보인다. 훤칠하게 벌어진 진노랑 호박꽃잎은 초록빛 잎사귀들에 반사되어 더욱 눈이 부신다.

이른 새벽에 집을 나섰다. 오늘은 혹시나 하는 마음으로 무릎까지 차오른 호박잎을 이리저리 뒤졌다. 꽃받침 아래가 밋밋한 수꽃 천지다. 숱한 나날이 흘렀건만 배 불러올 기미가 보이지 않는 새 며느리의 몸피를 살피는 시어른의 심정이랄까. 허리를 낮추어 호박잎을 다시 뒤져보아도 암꽃은 좀처럼 모습을 드러내지 않는다. 콩알 만해도 좋다. 씨알을 앙증스럽게 품은 암꽃이 눈앞에 어른거린다. 씁쓰레한 마음으로 오늘도 돌아섰다.

여러 날이 흘렀다. 드디어 귀하신 몸이 나타나셨다. 연두색 구슬에 세로로 초록 줄을 내리그은 불알을 밑동에 매단 암꽃 한 송이가 수줍은 듯 얼굴을 잎사귀로 가리고 다소곳이 서 있는 게 아닌가. 여리디여린 연둣빛 핏덩이가 별 탈 없이 굵어지길 간절히 기도한다. 허나, 내 조바심도 아랑곳하지 않고 한여름의 열기에 무릎을 꿇고 시들어 떨어지고 만다. 낙과落果 지는 농사가 얼마나 허망하던지 돌아서는 발걸음이 무겁다.

새아기를 맞아 대통大統을 기다려 온 지도 십 년이 훌쩍 넘었다. 첫째를 가졌을 때 예비 할아비는 날마다 파랑새를 그려보았다. 아들이면 항렬을 따라 듬직한 이름을, 딸이면 살림 밑천 삼아 단아한 이름을 지어 놓고 기다렸다. 한동안을 부푼 기대로 들뜬 시간을 보냈다. 하지만 결과는 기대와는 달리 '살림밑천'으로 가슴을 쓸어야 했다.

손자복이 없을지도 모른다는 불길한 예감이 몰려온다. 기우이길 바라지만 세상에는 기우가 현실일 확률이 얼마나 높은가. 두 살 터울로 둘째가 들어섰다. 수북한 호박꽃 무더기를 휘저으며 씨알을 찾는 사람의 기대에다 천근이 넘을 압박감에 가중되어 산모는 하루하루가 얼마나 힘들었을까. 둘째도 '역시나' 였다.

아들이 무엇인가. 가계를 이어가는 핏줄이다. 핏줄을 잇지 못하면 씨족에서 흔적이 영원히 사라진다. 종족 보존에 실패하는 것이다. 생물학적 죽음만이 죽음이 아니란 인식은 우리의 오랜 관습으로 굳어졌다.

내 아버님은 우리 문중을 이끌어 오신 분이다. 가승보를 앞장서서 만들며 가문을 세우기에 심혈을 기울이셨다. 가난한 문중임에도 종재宗財를 힘겹게 마련하여 입향조 묘소에 비석을 세우고, 선대 묘 마다 석물을 놓으셨다. 내 아버지의 DNA가 내게 옮아왔는지 문중 일을 내가 도맡게 되었다. 하지만 고희를 넘긴 나이에도 '세손'을 보지 못했으니 지하에 계신 아버님께 면구할 따름이다. 네가 뭘 소홀히 했기에 이 지경이 되었느냐고 책망하실 지도 모른다. 그렇다고 자식에게 무작정 삼세판을 강요하기에는 무리다.

우리 아파트에는 아기들을 데리고 다니는 젊은이가 많다. 젊은이가 많으니 덩달아 나도 젊은 기분이 든다. 노인들이 주눅이 드는 요즘 이 얼마나 귀한 덤인가. 어린아이들이 병아리처럼 제 어미를 졸졸 따라다니는 풍경은 매우 흥미롭다. 아들 둘을 가진 집, 아들 하나 딸 하나를 데리고 다니는 집, 딸 둘만 따라 다니는 집, 딸만 셋을 업고, 앞세우고, 손목 끌고 다니는 아낙을 보면 그 가족의 분위기를 읽을 수 있다. 아들 하나 딸 하나를 둔 집은 황금 비율의 로또를 잡은 집이다 싶다. 그 가족은 얼마나 느긋할까. 생각할수록 부럽다. 아들 둘인 집이나 딸 둘 혹은 셋을 둔 집은 아마도 크게 실망을 했음직하다. 아들 다음에는 딸 하나를 바랐을 터인데 또 아들이라니…쯧쯧. 늦도록 어미의 고달픔은 물어보나 마나다. 딸들만으로 삼 번 주자까지 내보낸 집은 돌이킬 수 없는 낭패감에 시름이 깊었을 것이다. 내 가슴이 다 먹먹해 온다. 딸만 딸린 가족들을 보노라면 남의 이야기가 아니어서 서글픈 마음을 숨길 수 없다. 요즘 젊은이들은 내세보다 현실적인 삶에 충실하다. 오늘 당장이 중요하고 노후의 안정도 녹록치 않으니까 그럴 테지. 여럿 낳으면 부모와 자식이 서로 힘 든다는 걸 훤히 꿰고 있다. 이들에게 짐을 가중시키는 일이 온당할까 자문해 본다.

고속도로 건설부지에 오대조 할아버님 산소가 편입됨에 따라 얼마 전에 이장하게 되었다. 거의 한 길 가까운 깊은 유택에서는 백육십여 년을 잠드신 흔적이 시커먼 목곽 몇 조각과 유골이라고는 믿기지 않을 거무스레한 흙덩이 몇 줌만 나왔을 뿐이었다. 누런 마사토 이불 아래에서 삭은 육신은 말 그대로 백골이 진토塵土되어 자연과 완전한 합일合一을 이루신 모습은 참으로 행복하고 편안해 보였다. 더 이상 세속의 인연이 사치스러우리만치 안락을 누리고 계시는 당신이 한 없이 거룩해 보였다. 소멸의 아름다움을 느낀 순간이었다.

아들이든 딸이든 생명 존엄의 무게가 다를 리 없는 것인즉 소멸을 두려워하지 말 일이다. 소멸의 빈자리는 새로운 환희의 보금자리로 변신할 테니까. 소멸은 자연이 준 가장 아름다운 선물이다. 인간사에 소멸이 없다면 그만큼 번뇌가 번뇌를 낳아 세상은 번잡으로 감당키 어려우리라. 소멸하는 자연의 섭리에 순응하는 것이야말로 최고선일 성싶다.

아서라. 눈에 보이는 것도 버거운데 내세를 걱정해서 무엇하랴.

"행복을 즐겨야 할 시간은 지금이다. 행복을 즐겨야 할 장소는 여기다." 로버트 인젠솔의 말이 새삼 와 닿는다.

(2014)

아내에게 바치는 헌사

제사를 모시던 양자가 세상을 떴다. 아들 없는 둘째네를 위해 시아버지는 족보에 맏집 막내 손자를 후사로 올려놓았다. 족보에만 양자일 뿐 몸 따로 마음 따로, 자식 노릇은커녕 속만 뒤집어 놓기 일쑤였다. 도리는 나 몰라라 하면서 잿밥에만 눈독을 들인 터라 한 지붕 밑에 시퍼렇게 살아 있는 양어머니도 모르게 집이며 전지까지 끌어갔다. 양어머니 장례가 끝난 날 기다렸다는 듯 제사는 당대로 끝낸다는 선언으로 본심을 드러냈다. 그러던 양자도 십여 년 뒤돌아올 수 없는 길을 떠난 것이다.

양자가 세상을 뜨자 그의 유족은 아주 싸늘하게 돌아섰다. 서로가 떨떠름하던 양자 관계는 막을 내렸다. 속아온 행태에 피붙이들은 아들 없는 서러움에 또다시 분통을 터뜨린다. 장모님의 영혼은 구천을 떠다니게 되었다. 그냥 지나칠 수 없어 기일 제사는 우리가 맡기로 했다. 생시에 '외손봉사'란 말만 들어도 손사래를 치시던 고인이지만 무쇠보다 몇만 배 더한 숙명의 견고함을 깨닫는다.

기일이 돌아왔다. 아내는 이것저것 제수를 봐온다. 나는 콩나물을 다듬고 산적을 꿰고 아내는 굽고 찌고 전을 부친다. 지금껏 아내는 우리 집에 와서 시부모 봉양하랴 자식이며 손아래 형제들 건사하랴 손끝에 물 마를 날이 없었다. 많게는 여남은 대가족을 뒷바라지한 혼곤했던 아내의 노고에 조금이라도 위로가 된다면 뭐든 하리라는 마음이 굳어갔다.

무려 세 차례의 입양이 실패로 돌아가자 세상사 억지로 되지 않는다는 비싼 교훈을 터득하셨을 장모님의 아픔이 어떠했겠는가. 기구한 운명은 막내딸네 집에서 마감하시었다. 우리 내외의 하직 인사를 받고 떠나셨으니 조금은 살가운 위안이 되셨을지 모른다. '처부모도 부모'란 말의 의미가 내 가슴을 달구었다. 아내는 첫돌 전에 아버지를 여의고 홀어머니 슬하에서 무력감으로 자랐으니 짠한 마음을 지울 수 없다. 아마도 이런 애틋한 정이 아내를 향한 인력引力에 보태졌나 싶다.

내 장모는 곧고 담백한 성품이셨다. 청상으로 살아오시면서도 세 딸을 반듯하게 키우는 게 유일한 낙이셨을 것이다. 여태 우리 집을 일으켜 세우느라 고달팠던 아내의 삶을 반추하며 축문을 낭독하노라면 전율마저 인다. 우리 집에서 흠향하신 몇 해 동안이나마 우리는 행복했다. 작년부터 부산에 사는 둘째딸네 부근 사찰에 봉안되었다. 절집에 모셔진 어머니의 영혼이 잠간의 방황을 끝내고 안식에 드셨다.

부부가 일생 동안 같은 배를 저어가노라면 어찌 엇박자가 없었으랴. 티격태격하다가 내 깡마른 성격의 파편이 자존심을 건드려 서먹했던 적이 한두 번이 아니었다. 아내한테 자주 듣는 책망은 '당신은 귀가 얇아 남의 말에 잘 넘어간다.'는 말이다. 남의 말을 들으면 의심하기보다 솔깃해져 남들보다 더 깊이 빠져드는 성정 탓이다. 크게 낭패한 일이 있다. 은행 경비가 내 언동이 수상하여 말리려고 하는데도 밀쳐내어 당했다. 부끄럽게도 보이스피싱이다. 아내의 말이 지당했다. 내 끔찍한 실수를 아내는 운수 탓으로 돌려 남편의 기를 살려 주었으니 감지덕지다. 아내는 그 악몽을 다시는 입에조차 올리지 않았다. 아내는 남편이나 자식의 실수를 오래 담아두지 않고 이내 평상심을 되찾는 놀라운 회복력을 지녔다. 내가 아내를 경외하지 않을 수 없는 까닭이다.

아내는 여필종부를 신봉하는 전형적인 '조선 여인'이다. 마치 남편만을 위해 태어난 사람인 것처럼 살아왔다. 시댁 가풍에도 잘 순응했다. 생선을 요리해도 몸통은 절대로 건드리지 않는다. 남편 몫은 성역으로 여긴다. 극성스러운 섬김이 때로는 불편하고 못마땅하다. 자기희생이 지나치기 때문이다.

'불출'이란 말을 들을지라도 나는 아내를 예찬하고 싶다. 아내는 인고의 세월을 견뎌냈다. 신혼 초부터 공무원 아내답지 않게 호사는 고사하고 농번기 바라지로 겪은 골몰은 말이 아니었다. 미어터지는 시골버스 틈바구니에 끼어 어린것을 업고, 끌고 고향으로 달려간다. 새까맣게 타서 돌아온 아내는 하녀의 몰골이었다. '여자가 참아야 집안이 조용하고, 다툼에 지는 것이 이기는 것'이라는 친정어머니의 신념에 단단히 물든 아내였다. 술안주로는 남의 험담이 최상급이라는 세간의 우스개도 있지만, 이 사람은 남의 말을 좀처럼 입에 올리지 않는다. 형제간의 우애에 파열음을 내지 않게 꾸려왔다. 집안에서도 착한 며느리로 말을 들어왔으니 장한 아내다.

나는 아내에게 여성답기를 은연 중 바라왔다. 함께 살다 보면 무신경해져 집안에서의 옷차림은 자기 편한 대로이기 십상이다. 옛날 어느 방송에선가 아내가 매력을 잃지 않으려면 아무거나 되는대로 걸치고 설치지 말라는 이야기가 마음에 쏙 들었다. 좀 칙칙한 이야기일 수 있지만, 아내에게 치마를 입은 모습이 더 우아하다고 말한 적이 있다. 남자들이 좀처럼 꺼내기 쑥스러운 말이다. 스타일과 색상, 디자인에 이르기까지 거의 내 취향에 맞추어 주는 아내가 고맙고 사랑스럽다.

주부의 조리 솜씨는 가정의 행복을 좌우한다 해도 지나치지 않는다. 아내는 50년 가까이 함께 한 남편의 식성에 잘 맞추어 차려낸다. 우연히 차려 낸 반찬이 내가 먹고 싶은 충동과 용케 일치하는 경우가 종종 있다. 부부가 닮아간다지만 텔레파시가 참으로 신기하다. 종종 입맛을 감동시키는 식단을 대하면 엄지손가락을 쳐들어 보이며 "바로 이 맛!" 하며 눈을 맞춘다. 마주치는 눈빛 속에 합일合一이 번뜩인다. 칭찬에 인색하면 행복 찬스를 놓치는 일이리라.

아내의 손등에는 두더지가 뚫고 지나간 흙 솟은 형국처럼 굵게 잡힌 주름이 그가 살아 온 굴곡을 닮아있다. 오늘따라 가녀린 손에 핏기마저 엷어 애틋한 마음이 가슴을 먹먹하게 한다.

(2017)

얇은 냄비

날마다 아내와 함께 오르던 산책길입니다. 혼자 걷는 발걸음이 더 무겁습니다. 이제 미래를 상상하는 일은 두려움뿐입니다. '만약 아내가 이대로 못 일어난다면….' '만약'이라는 말에서 생각이 좀처럼 헤어나오지 못합니다

물이 말라봐야 물의 소중함을 깨닫듯 아내의 존재가 요즘처럼 컸던 적이 없습니다. 아내가 드러눕자 장보기와 설거지, 청소까지 내 차지가 되었습니다. 눈 맞춤을 잘 안 해 준다는 푸념이 귓바퀴에서 왕왕거립니다. 여태껏 내 일밖에 몰랐으니 할 말이 없습니다. 조곤조곤 속삭이며 오솔길을 걸어가는 부부들이 오늘따라 유난히 다정해 보입니다.

베갯모에 '수복壽福'을 수놓아 해로를 꿈꾼 아내가 아니었던가. 하지만 인생의 봄여름이 지나자 여기저기서 복병들이 목을 빼고 우릴 노리고 있어 경계를 늦출 수 없습니다. 된 수술을 받은 나는 아직도 몸을 추스르는 중입니다.

"여보, 나, 병원에 갔다 왔어요."

웬만해서는 병원에 가지 않던 아내가 스스로 병원엘 다녀왔다니 심상찮아 보입니다. 그전 같으면 '거 봐, 진작 병원에 가보라 했잖아.' 하고 버럭 화부터 냈을 터이지만 이번에는 아픈 기색이 없었으니 그러지 않았습니다. 남편을 살려내겠다고 혼신의 힘을 쏟느라 피로가 채 가시지도 않은 그녀가 숨만 쉬어도 오른쪽 갈비뼈가 부스러지듯 딱딱 마치어 말하기도 힘이 든다고 합니다. 불행은 어깨동무하고 온다더니 엎친 데 덮친 격이라고나 할까요.

동네 의원에 갔더니 우측 폐 한쪽이 삼분의 일쯤 허옇게 황칠이 되어 있다고 합니다. 열, 기침, 가래 같은 증상이 있어야 폐렴을 의심하는데 이게 없어 의사는 고개를 갸우뚱합니다. CT(단층촬영)를 찍어 오라는 말을 듣고 부랴부랴 영상의학과로 달려갔습니다. 조직검사가 필요할 거라는 말에 가슴이 철렁했습니다. 폐암을 의심한 말이 분명해 보였기 때문입니다.

술 담배를 하지 않는 여성들에게도 폐암 발병 사례가 적지 않다는 보도를 본 적이 있습니다. 지난날의 간접흡연을 비롯하여 가스레인지를 켤 때 발산하는 일산화탄소, 전자레인지가 쏘는 전자파, 튀김 기름이 타는 연기가 아내를 병들게 했나 싶어 걱정입니다.

P병원 호흡기내과 전문의 앞에 섰습니다. 열과 기침이 없는 폐렴도 있다는 말에 떨리던 가슴이 조금 진정되었습니다. 제발 폐렴이기를…. 폐렴쯤은 그래도 어찌해 볼 수가 있기 때문입니다. 폐렴약을 먹는 사흘 동안은 산모가 금줄을 치고 몸조리를 하듯 정성을 다하였습

니다. 하지만 호전의 기미가 보이지 않았습니다. 가슴이 꽉 막히고 답답했습니다.

두 번째 찾은 외래 진료실. 성가시게 물어봐도 성심껏 응대하는 의사 선생님이 그나마 미더웠습니다. 항생제의 단위를 더 높였습니다. 사흘쯤 지나자 가슴 통증이 조금씩 잦아들기 시작했습니다. 열흘분의 약효를 확인하는 날, 숨죽이며 함께 들여다본 허파 사진에는 흰 자국이 현저히 줄어 있었습니다.

“이제 그만 오셔도 되겠습니다.”

얼마나 듣고 싶었던 복음인가요. 깃털에 올라탄 기분이었습니다. 감격을 안은 채 잘 가던 복어 요리 집으로 갔습니다. 나지막한 한옥을 개조한 식당이라 허리를 좀 굽혀야 들어갈 수가 있습니다. 급변하는 세월을 외면하고 주인은 유별나게 양은 냄비만 고집하고 있습니다. 쭈글쭈글하게 우그러지고 그을음 자국을 훈장처럼 단 냄비는 맛과 전통을 과시라도 하듯 구수한 김을 힘차게 뿜어 올립니다. 꽃다운 나이로 내게로 온 아내와 함께 웃고 울던 한세월이 빠르게 스쳐 지나갔습니다. 굴곡진 삶이 고달파도 변함없이 자리를 지켜 준 아내 같은 무던함이 냄비에도 배어 있는 것 같습니다.

아기자기하거나 애교가 없는 아내지만 로맨스가 무엇인지는 그도 아는 듯합니다. 약혼 시절 E읍내 강 건너 병풍처럼 솟은 앞산을 함께 오른 적이 있습니다. 양지쪽 잔디밭에 나란히 누워 당시 순정파의 심금을 울렸던 노래 '내 고향 뒷동산 잔디밭에서/ 손가락을 걸면서 약속한 순정…'을 함께 부르며 미래를 설계했었습니다. 그날을 떠올리면 이내 감흥에 젖던 그녀였습니다. 늘 재미없고 무덤덤한 남편이었지만 그녀는 일편단심이었습니다. 혼곤했던 삶을 힘들게 견뎌낸 아내는 맛있는 국물을 우려내는 양은냄비와 닮아 있습니다. 멋없는 위인과 짝이 되어준 아내가 대견하고 고맙습니다.

하늘이 도왔는지 아내는 털고 일어났습니다. 얼마 남지 않은 여생, 눈 맞추며 함께 걸을 수 있게 되어 만분 다행입니다.

몇 날이 흘렀습니다. 간밤에 내린 봄비로 함초롬히 젖은 뒷산을 아내와 함께 오릅니다. '내 고향 뒷동산…'을 오랜만에 불러 봅니다. 숨은 좀 찼지만 가슴이 훈훈해집니다. 온갖 초목이 새싹을 틔우고 이름 모를 야생화가 앙증맞게 꽃대를 밀어 올리는 기운에 덩달아 우리 부부의 발걸음도 한결 가벼워집니다.

(2015)

어머니의 기도

신혼 이듬해, 아내가 초산을 앞둔 어느 날이었다. 일 년 동안은 시집살이 하면서 시부모의 성정을 익혀야 한다는 어른들의 방침을 받들어 아내는 농사일을 바라지하고, 나는 이십리 밖 읍내에서 주말부부로 떨어져 지내야만 했다. 달이 차서 남산만해진 배를 안고 힘든 농가 살림에 지쳐 꾀죄죄한 몰골로 꾸벅꾸벅 일만 하는 품이 가엾은 마구간의 암소나 다름없었다.

만산晩産이니 병원 가서 출산하게 허락해 달라는 아들의 청은 어머니에게는 어림없는 소리였다. '삼신이 낳지, 지가 낳나'하는 당신의 철석같은 믿음 때문에 더 이상의 간청은 하지 못하였다. 어릴 적 피난처에서 혼자 이십리 산길을 걸어서 어머니를 찾아 고향집으로 간 일과 열두 살 때에 외가에서 집으로 가자고 뜰 아래에서 조르다가 혼자서 산골짝 길을 나선 일이 있었다. 어머니의 애를 태운 전과가 있어 항상 죄책감을 놓지 않으려 애썼고, 자라서는 다시는 어머니의 뜻을 거스르지 않겠다고 다짐하곤 하였다.. 그래서 오늘도 대거리를 하지 못하고 속으로만 애를 태우는 것이었다.

아니나 다를까. 숙직을 하고 있던 날 밤 아홉시 쯤, 고향집 담 사이에 사는 종질로부터 다급한 전화가 왔다. 아지매가 오전부터 산통을 겪다가 기진맥진해 있으니 의사를 빨리 불러야 한다는 것이었다.

결국 올 것이 왔구나. 눈앞이 캄캄했다.

70년대 초라 재직하던 읍내에는 의원이 없어 동료 직원 중 조산원 경력을 가진 양호교사가 퍼뜩 떠올라 급히 도움을 요청하였고, 인근 군의 병원에 왕진을 오게 하여 같이 고향집으로 달려갔다.

8월 중순의 한더위에다 삼방처럼 덥혀진 방안에서 머리를 삼분의 일 쯤 내 민 채 몇 시간째 옴짝달싹 않는 태아를 끼고 있는 산모는 땀으로 범벅이 되어 축 늘어져 있었고, 어머니와 온 식구는 파랗게 질려 있었다. 의료진이 도착하자 안도의 숨을 몰아쉬는 것이었다. 우선 날계란을 깨서 산모에게 먹인 후 조산원의 추임새에 따라 광목 밧줄을 당기면서 몇 번이나 힘을 써 보았으나 무위에 그쳤다.

의사는 이마에 맺힌 땀을 훔치며 나를 응시하더니 "산모를 살릴래요, 아기를 살릴래요?" 하고 묻는 것이었다. 몇 번 시도해 봐도 안 되면 태아를 희생시킬 수밖에 없다는 것이다. 청천벽력이었다.

또 한 번 계란을 깨 먹인다. 의사는 태아의 머리 부분에 커다란 집게를 걸고 지긋이 집어 당기는 한편 조산원은 호흡을 가다듬어 산모의 배에 조심스레 압박을 가한다. 응원군은 소리 없는 구령에 맞추어 저마다 온몸으로 기를 모아 보탠다. 죽을힘을 다해 끙끙대는 모습은 너무나 처절해서 눈뜨고 볼 수 없었다. 보는 이는 기대와 절망이 숨가쁘게 교차한다.

아, 환희의 여신인가. 어미의 필사적인 안간힘에 태아의 머리가 조금씩 조금씩 미끄러져 나오는 것이었다. 한 시간 반쯤 흘러 자정이 임박해서야 태아는 세상 빛을 보게 되었다. 생로병사의 사고四苦 중 첫 관문을 나서기가 이렇게 어려울 줄이야. 거꾸로 매달려 볼기를 두어 차례 얻어맞은 영아는 드디어 고고의 성을 터뜨렸다. '살았다.' 모두의 함성이었다. 모진 산고 끝에 태어난 아이는 딸이었다. 머리는 긴 고깔과 모양이 흡사하다. 좁은 산도를 쉽게 빠져나오지 못해 생을 마감할 뻔하였으나 그래도 용케 탈출한 것에 대한 면류관이다. 생에 대한 애착이야 태아라고 다를 것이 있을까. 모녀의 생사를 건 몸부림이 장장 열 네 시간에 걸쳐 벌어진 것이었다. 주위 사람 모두가 하나같이 초조와 긴장, 후회와 연민이 뒤엉키는 피 말리는 순간들이었다.

나는 마루에 걸터앉아 "삼신이 아이를 낳았나요."하며 소리를 버럭 질렀다. "오냐, 오냐. 인제 니 요량대로 해라." 그 때 어머니의 철옹성이 허물어진 것이다. 삼신의 힘이 어머니의 신념을 더는 지탱하지 못하게 된 것이었다.

위로 딸 둘을 낳고 8년 만에 내가 태어났으니 나는 가히 '귀하디 귀하신 몸'이다. 이 몸의 탄생은 어머니의 간절한 기도 덕이었음에 틀림이 없으리라. 아버지는 당신의 서당 스승인 재종숙으로부터 최상급의 이름이라며 지어오셨고, 어머니에게 나는 바로 금지옥엽金枝玉葉이었다. 나는 우리 집의 새 희망이자 지존으로 군림하게 되었다. 내가 잠든 방엔 '출입금지'가 선포되고, 누나들은 언제나 바깥에서 놀아야 했다.

어머니가 유리그릇 다루듯 하셨던 나는 어릴 때부터 병약하였다. 흉측하게도 장기의 끝부분이 탈장하여 뒷간 볼 일은 혼자 마무리할 수 없었다. 뒷간 구석에는 참기름에 녹인 소금물과 솜을 준비해 두고 어머니는 그 일탈을 갈무리해야 했다. 자식 사랑의 손길이 서려 있을 고향 뒷간, 그곳이 지금도 환영처럼 뇌리에서 명멸한다.

60여 년 전이었으니까 속수무책으로 민간 처방과 세월의 힘만 믿을 수밖에 별 도리가 없었다. 한의서를 궁구하신 외삼촌이 가끔 뜸을 놓았고, 어머니는 아들의 원기를 돋우려고 인삼과 암탉, 그리고 쇠 곰탕을 끓여대느라 여념이 없으셨다. 쓴 약을 먹거나 싫증나는 곰탕을 먹을 때면 벽장 깊숙이 감추어 둔 곶감은 언제나 내 전유물이었다. 어머니의 기도와 지극한 정성으로 마침내 환부를 깨끗이 다스릴 수 있었다.

어릴 적 여름밤, 멍석에서 잠들어 있다가 문득 깨어 보면 마당 한켠에서 소반에 정화수를 받쳐 놓고 북두칠성을 향해 소원 비는 어머니의 모습을 발견하고 흠칫 놀라기도 했다. 가을이면 성주 단지에 촛불 켜고 치성을 드린다. 섣달그믐이면 집안 구석구석에 촛불을 켜고 식솔들의 무병장수와 소원 성취를 손바닥이 닳도록 빌었다. 내가 입시를 치를 때면 어머니는 더욱 지성이어서 밤잠을 설치신다. 점집에서는 나에게 칠성발이 뻗쳐있다는 전언을 듣고 나면 힘이 생겼다. 자식의 영화를 위해 칠성님께 더욱 매달리셨을 것이다.

내가 사범학교에 합격한 것은 우리 마을에서는 큰 사건이었다. 산골에 태어나 변변찮은 중학교에서 참고서 하나 제대로 구해보지 못한 처지로 치열한 경쟁을 뚫은 일은 부모님에게 크나큰 즐거움을 드렸으리라. 예로부터 벼슬길에 나아가 국록을 먹게 되면 대대손손 가문의 영광이 되었다. 이에 버금가는 교사의 길이 열렸으니 여간 큰 경사가 아닐 수 없었다. 어머니의 기도는 나의 성취에 분명 큰 힘으로 작용하였다고 나도 굳게 믿었다.

논밭 간에 너 댓 마지기를 타고 난 살림살이는 아들딸 여러 남매를 두고서도 조금씩 전지가 늘어나 반머슴에서 큰 머슴을 들일 만큼 가세가 늘어났다. 우리 집은 '흥하는 집'으로 주위의 선망을 받고 있었다. 자신감이 붙자 아버지는 '불당골佛堂谷'이라 불리는 기슭에 지명에 걸맞는 작은 암자를 지으셨다. 그 무렵 나는 어느 현상공모 소논문에 당선되고, 상금의 일부를 대웅전의 불상을 봉안하는데 보태었다. 부모님은 이를 두고 만나는 사람마다 자랑하고 다녔다. 어머니의 기도에 대한 작은 보답이라 생각하니 가슴이 한결 뿌듯했다.

어머니는 8남매를 낳으셨다. 힘겨운 농사일과 거친 음식에다 산후조리조차 제대로 챙길 처지가 아니었다. 농번기에는 첫 칠을 못 넘기고 부엌일에다 들일을 감당해야 했다. 농촌의 아낙네들이 다 그러하듯 오십 줄을 넘어서면 성한 곳이 없을 정도로 만신창이가 되기 일쑤다. 여느 농부들이 그러하듯 중노동에 시달려 환갑이 되기 전에 어머니도 병골이셨다.

사범학교 시절, 체육시간 운동장 끄트머리에 어머니는 흰 치마저고리 차림으로 홀연히 나타나 물끄러미 아들을 바라보시던 모습이 아직도 선하다. 막내아들을 잃은 아픔을 달래려고 당신의 희망을 보러 오신 것 같았다.

방학 때 고향집엘 가면 막내는 철골한 엄마에게서 겨우 생명의 끈만 달고 가냘프게 태어났다. 젖이 나지 않아 밥솥에서 넘치는 밥물을 받아 먹이며 어렵게 연명하는 가녀린 모습이 눈에 밟혔다. 아껴둔 용돈으로 미음을 끓여주라고 사 준 양은 냄비이건만 형의 마음도 아랑곳없이 하늘 품 안으로 가 버렸으니 야속하기만 하다. 혹여, 어머니의 기도를 내가 독점한 것이 아닌가 싶어 막내에게 죄스럽기만 하다.

대망의 첫 월급으로 어머니께 한약 한 재 지어드리는 일부터 하였다. 큰 효험이 있었으리라 믿고 싶다. 치아가 없어 음식을 대충 우물거려 넘기시는 모습이 안쓰러워 치과 보철도 해드렸으니 사랑을 조금이라도 되돌려 드린 듯하여 마음이 조금은 놓였다.

부모님을 자가용에 모시고 세상을 주유하는 것은 80년대 이전의 사람들에게는 꿈같은 소망이었다. 그러나 산골 촌뜨기인 내가 90년대 초 그 꿈을 이룰 1년을 기다리지 못하고 어머니는 일흔 아홉을 일기로 이승을 떠나셨다. 못내 아쉽고 한스러울 뿐이다.

천지신명께 빌던 애끓는 기도는 칠성발로 정련되어 자식의 가슴에 오색사리로 남기고 영면하셨다.

주자朱子의 열 가지 후회 중에서, '불효부모사후회不孝父母死後悔'란 말이 나이가 들어갈수록 가슴을 저며온다. 부모의 심중을 헤아리는 것이 그리도 어려웠을까. 어찌 그리 아둔하였을까.

어버이의 자식 사랑을 흔히 바다와 하늘에 견주어 원대함을 말하지만 자식의 부모 공경은 언제나 미치지 못하고 초라하여 회한으로 남아 켜켜이 쌓인다.

어머니가 남기신 사랑은 나에게 굵고 선명한 부등호로 각인되어 영원한 부채로 남아있다.

(2007)

이런 빛

드디어 올 것이 오고야 말았다. 놈을 혐오하지 않는 사람은 이 세상 어디에도 없을 것이다. 놈은 내가 남자라는 이유로 싸움을 걸어왔다.

살얼음판을 딛는 심정으로 문 단속을 하며 마음 졸인 지도 어느덧 칠 년이 흘렀다. 지방의 P병원, K병원을 전전했으나 결과가 미덥지 않았다. 하는 수 없이 서울의 K대학병원으로 옮겨 세 번째 조직 검사를 해 보았다. 이번에도 다행히 징후가 보이지 않았다. 이렇게 긴장과 안도를 되풀이해 오다가 끝내 결전의 날이 도래한 것이다.

날이면 날마다 취하지 않은 날이 없다는 어느 애주가로부터 혹시나 큰 고장이라도 발견될까 봐 병원 문을 아예 멀리하고 산다는 우스갯소리를 들은 적이 있다. 그 심사가 난들 다르랴만, 유비무환을 작심하고 생명보험에 몇 번 들었다 빠지는 곡절을 겪은 것이 흡사 감정의 꺾은선그래프 같았다.

요행을 바라면서 버텨 오다가 어느 지인의 충격적인 소식이 내 멱살을 잡았다. 지명 수배를 받다가 체포된 기분이랄까. 곧장 병원으로 달려가 조직 검사를 받았고, 결과를 기다리는 두 주일은 그야말로 일각이 여삼추였다.

아니나 다를까, 놈은 주인 모르게 이미 절반이나 점령하고 제집인 양 똬리를 틀고 있지 않은가. 순간 머리가 핑 돌았다. 사위가 먹구름으로 에워싸였다. 어디를 보아도 마음 가눌 데가 없었다. 무엇보다 두려운 것은 수술을 못할 지경까지 갔다면 어쩌나 하는 불안감이었다. 어둡고 외로운 길을 헤매다가 속절없이 생을 접어야겠지. 해야 할 일과 하고 싶은 일이 아직은 태산 같은데 하필이면 내가 왜? 왜? 왜? 하고 화기가 뿜어 나왔다. 하지만 독기만 무성할 뿐 메아리가 없다. 베란다에 정돈된 화초조차 생기를 찾아 볼 수 없고, 애용품인 전자기기에서 흘러나오는 멜로디도 어둡기는 매한가지다.

드디어 놈의 소굴을 도려내는 날이다. 육중한 철문을 사이에 두고 안과 밖은 초긴장과 갈구가 평행선을 그어가고 있었다. 수술실에서는 생명을 구하려는 차가운 손놀림이 사각거리는 메스에 집중되고, 밖에서는 수술결과에 촉각을 곤두세우며 초조와 불안과 기대가 절정을 이루었다.

선대에 가족력이 없었고 천수를 누렸기 때문에 예외자이기를 믿은 것도 사실이다. 막상 놈의 출현이 확인되자, '아차, 교만이었구나.' 하는 순간 모든 게 정지된 듯 아뜩했다.

한때는 감히 '웰다잉'을 준비한답시고 자못 어른스러워하기도 했었다. 그것이 한낱 허세였다는 걸 깨닫고 나니 경망스러웠음에 더욱 낯이 뜨거웠다.

생사를 넘나드는 다급한 상황에서는 의연할 수가 없었다. 제발 살려만 달라고, 응급실로 데려가 달라고 애원했던 내 모습은 범부는 고사하고 어린아이의 떼쓰기와 다를 바가 없었다.

수술을 하고 나서 나흘 동안은 고열에 시달려야 했다. 맥박과 호흡이 숨넘어갈 지경으로 빨라지고 체온이 사십 도를 오르내릴 때면 이러다가 어느 전철을 밟지 않을까 하는 불안감이 몰려왔다. 연예인 아무개가 지병과는 달리 폐렴으로 숨졌다는 보도가 나를 지목하는 듯 착각이 들기도 했다. 이때 주르륵 펼쳐진 영상이 괴이하다. 또래 중 아무도 꺼내지 않던 사후지死後地를 나는 일찍 마련해서 아이들에게 일러 둔 일이 있다. 글제를 '소멸의 아름다움'이나 '또 하나의 집' 같은, 죽음을 준비하는 글이었다. 이 미리 쓰는 유서를 발표했던 지난날이 현실과 맞아떨어진 것일까. '아, 내 운명을 스스로 예감하고 있었구나. 그래서 폐렴으로 마치는구나.' 하는 생각이 불길하게 스쳐갔다. 무엇에 씐 듯 이상하게 지내온 이력이 말이 씨가 된 성싶어 더 괴롭다.

하지만 운명은 내 편으로 기울기 시작했다. 의료진의 지시는 절대자의 신성으로 받들었다. 죽을 각오로 인위적인 심호흡으로 폐 기능을 살리려 잠을 설치며 사투를 벌였다. 기력의 한 끄트머리가 보이기 시작했다.

아파보지 않으면 남의 아픔을 헤아릴 수 없다. 동병상련이라 했던

가. 아파 본 사람들이 나섰다. 수술하러 간다고 밥을 사며 격려해 주는 친구가 있는가 하면, 내 병듦에 상심하여 줄담배를 피워 대다가 목젖이 부었다는 친구도 있다. 쾌유를 기원하는 사경寫經과 백일기도를 한다며 나에게 금기해야 할 음식을 당부하다가 내가 눈치 채게된 친구도 있다. 나름의 기도를 하겠다고 나서는 지인도 몇 있었다. 이들이야말로 급할 때 다가오는 급난지붕急難之朋이 아닌가. 목이 메이도록 고마운 일이다.

고통을 함께 나눈다는 게 어디 말같이 쉬운 일이던가. 친지나 친척의 아픔을 지나치지 않으려고 노력했지만 이번에 내가 받은 깊이만큼 살가운 정을 주지는 못했다. 몸은 마음을 따라간다지 않는가. 병을 치료하는 데는 물리적 치료에 못지않게 심리적 처방이 중요함은 말할 것도 없다. 어릴 적 할머니의 비손이 약손이라며 주물러주면 꾀병같이 낫듯이 말이다. 따뜻한 위로의 전화 한 통 한 통이 진통의 마력을 발휘했다. 어쩌면 한없이 약해진 내 육신을 일으켜 세운 것은 주위의 정성과 기원의 묶임이 분명하다. 시련은 속 깊은 정을 나눌 줄 알라는 나로 거듭나게 해 주었다.

아! 아름다운 빛이 늘었구나.

(2015)

함박나무꽃 사랑

신록이 싱그러운 6월 초순, 소백산 희방 계곡을 오른다. 소풍 떠나는 몸과 마음은 하늘을 떠다니는 새털구름처럼 가볍다.

버스는 일행을 희방사 주차장에 안착시켰다. 산기슭을 두리번거리다가 눈에 확 띈 것은 설악산 그녀의 현신이었다.

어린 시절, 우리 동네에 우스개로 늘 좌중을 웃음바다로 몰아넣는 친척 아주머니 한 분이 있었다. 당신은 웃지 않으면서 유들유들한 몸짓으로 어떻게나 남을 잘 웃기는지 저절로 존경심이 일었다. 유머로 분위기를 좌지우지하는 사람을 나는 늘 경이롭게 바라본다. 말재주를 닮아보려고 애써 보지만 말이 어눌해지고 뚝뚝 끊겨 어색한 마무리가 되기 일쑤다.

재직 시절 어느 상관 한 분은 여러 번 들었던 이야기도 그의 입을 거치면 조청같이 착착 감기는 이야기가 되어 주위의 폭소를 자아내곤 한다. 타고난 유머 감각이었다.

교단 시절 아이들은 나를 무섭다고들 했다. 뿐만아니라 우리 집에 들어 온 새 식구마저 시아비가 두렵다며 어려워한다. 손주마저 가까이 오려고 하지 않는다. 할애비한테 애교라도 부리면 좋으련만 머쓱한 기분을 지울 수 없다. 내 인상이 성 나 보인단다. 살갑게 대하고 싶지만 상대가 거리를 두니 어찌하지 못한다.

내 인상에 어떤 문제가 있을까 하고 거울을 들여다본다. 입꼬리가 여덟팔자로 처져 있다. 입 꼬리를 올리면 웃는 표정이고 내리면 성난 표정임은 미술 시간에 그려 보아서 안다. 한때는 입꼬리를 성형할 수 없을까 하는 황당한 생각까지 한 적도 있다. 거울을 보며 입꼬리를 살짝 올려 보지만 어쩐지 어색하기만 했다. 작위적으로 표정을 고쳐 지속한다는 건 숫제 고통이 되고 만다. 생긴 대로 지내는 게 편하다. 마음 씀이 문제지 표정이 대수랴 하고 자위해 본다. 웃음은 인간관계의 묘약이어서 큰 자산이 된다.

웃음에도 약이 되는 웃음과 독이 되는 웃음이 있다. 순진무구한 함박 웃음, 가슴 속에서 우러나오는 빙그레 웃음, 주체 못해 터져 나오는 웃음, 비아냥거리는 비웃음, 마지못해 흘리는 쓴 웃음, 속임수를 품은 간교한 웃음 등 헤아리기조차 어렵다. 그중에서 함지박처럼 얼굴이 펴지면서 활짝 웃는 함박웃음이 으뜸일 것이다.

우리 집은 태생적으로 웃음이 적은 가족이라 집안 공기는 늘 무겁다. 주고받는 화제는 밍밍한 것들이다. 선대 때부터 손위가 손아래를 향해 농이나 우스개를 거는 일은 거의 없다. 가족이 밥상머리에 둘러앉아 식사를 해도 무미건조한 이야기만 오갈뿐이다. 웃음이 웃음을 낳는 속성이 있는데도 가족 누구도 웃음의 단초를 열지 못한다.

취구멍에도 볕 들 날 있다더니 우리 집에도 변화의 바람이 불어왔다. 재치와 유머 감각이 예사롭지 않은 며느리가 등장한 것이다. 그는 시어미에게도 약간의 허풍을 가미해 말을 걸어오기 일쑤다. 시어미를 웃길 요량으로 자질구레한 이야기까지 조곤조곤 일러댄다. 과장인 줄 모를 리 없지만 시어미는 애교로 받아들여 파안대소로 흐뭇해 할 때가 많다. 시어미를 즐겁게 하고 위하는 마음이 너무 고마울 따름이다. 듣던 시아비도 덩달아 기쁘다.

아내의 성정이 웃음기 없기로는 부창부수다. 무료한 시어미의 일상에서 며느리의 기지는 복음에 가깝다. 그는 우리 집안 분위기를 바꾸어 놓은 일등공신이다. 왠지 새로운 기운이 집안에 감도는 것 같다.

"체수 맞춰 옷 마르고 꼴 보고 이름 짓는다." 고 했다. 모든 것은 제격에 맞아야지 억지로 꾸민다고 되는 게 아니라는 뜻이다. 품격은 허우대를 따르는 게 아니라 처신 뒤를 따른다는 생각에 미치자 끓이던 마음이 진정된다. 내 비록 웃는 인상을 타고 나지 못했지만 의지로 극복할 수 있으리라는 믿음으로 지낼 뿐이다.

열등의식으로 주눅이 든 나에게 가끔 아내로부터도 재미성 없다는 푸념을 듣는다. 별로 밝지 못한 유전자를 타고났으니 변명도 않는다. 단백질이 모자라면 고기가 당긴다더니 내게 큰 결핍이 웃음인가보다. 초면이던 함박꽃나무에 환호가 터진 것은 이런 생리적 현상인가도 싶다.

나름대로 그 허기를 매우려는 노력을 해 본다. 해학집을 구해 읽거나 사회관계망에 떠도는 유머를 휴대폰에 저장해서 때때로 열어 보고 남을 웃겨 보려 하지만 듣는 이는 심드렁해한다. 입담이 받쳐주지 못한 탓이다.

십 여 년 전 설악산 하산 길에 환상의 여인을 만났다. 새하얀 치마에 노랑과 자주색 끝동을 수놓은 저고리를 떨쳐입은 청초한 천사였다. 정신을 가다듬고 쳐다보니 함박나무꽃이 아닌가. 그때 만난 인연을 오늘 여기 희방사 계곡에서 해후한 순간, 정신이 아뜩하였다. 아리따운 자태의 선녀를 희방계곡에서 만나다니…

함박꽃나무는 우리나라 높은 산에 자생하는 목본류 꽃 중에서 꽃송이가 가장 크다. 목련속 식물 가운데 유일하게 꽃이 위를 향하지 않고 아래를 향한다. 노란 꽃술에 다섯 잎의 하얀 꽃잎이 봉긋이 받치고 있어 함박웃음을 띠고 수줍은 듯 다소곳이 머리를 조아리고 있어 천생 요조숙녀다. 좀처럼 눈길을 뗄 수가 없다. 속세의 시름은 증발되고 행복에 잠겨 든다. 후련하고 머리가 맑아진다. 선녀의 함박웃음이 바람을 타고 계곡을 흐르는지 더욱 밝아지는 느낌이다.

웃음기 없는 탓에 매끄러운 겨릅을 밟듯 조심조심 세월을 건너왔다. 내 약점은 내 자신을 기울지 않도록 늘 저울추가 되었다. 세상사 중요한 건 마음먹기에 달려있음을 겪으면서 깨달았다. 삶은 겉모양이 아니라 쌓아 온 신뢰가 내면을 살찌우는 게 아닌가 싶다. 생각이 여기에 이르자 폭포에서 희방사를 오르는 나무 데크 길이 가팔라도 걸음은 한결 가벼워졌다.

세속의 번뇌를 씻어주는 청량한 희방폭포를 발아래에 두고 천년 고찰 희방사로 향한다.

희방喜方! '기쁨이 있는 쪽'이라지 않는가. 지친 영육을 정화하는 데는 희방계곡이 일품이다. 짝사랑이어도 좋다. 내년 봄, 함박나무꽃을 다시 찾으리라.

(2018)

흔적

어머니의 손때 묻은 유품 하나가 세월의 물살에 떠밀려 비켜 앉아 있다. 검푸른 청석으로 빚어진 다듬잇돌은 당차기만 했던 추억을 뒤로한 채 뒷방 늙은이가 되어 베란다 한구석에서 말이 없다. 생뚱맞게도 화분을 머리에 인채 멍하니 세월을 삭이고 있는 모습이 안쓰럽기까지 하다.

풀 먹인 베옷을 다듬이질하면 곱고 매끄러운 새 옷으로 살아나지만 서슬이 빳빳하게 선 베옷에 살갗이 닿으면 따가워서 어기적거리던 내 어렸을 적 추억은 그리 아름답지만은 않았다. 힘겨운 길쌈에 더하여 온 가족의 옷을 기워내고 빨래며 다듬이질까지 해서 식솔들을 감싸주던 주부의 가사 부담은 요즘 젊은이들에게는 가히 상상을 초월하는 노역이었다. 그 중심에 내 어머니가 있었으니 다듬잇돌과 쌓아 온 사연은 숱한 곡절을 품고 있다. 베옷을 다듬는 방망이질은 꽉 막힌 가슴을 뚫어내는 치유의 출구로, 때로는 신명나는 타악기로서 어머니의 신명을 풀어내는 도구 노릇도 하였다.

야심한 밤, 야무진 박달나무 방망이와 다듬잇돌이 연출해 내는 손놀림과 소리의 앙상블은 묘기에 가까웠고, 그대로 천상의 소리였다. 딱딱 끊어 내는 스타카토의 청아한 음률은 도드라진 다듬잇돌을 좌우로 휘저으며 내는 소리라 단순해 보이나 단순하지 않은 강약과 진폭이 절묘하였다. 대가족의 막내며느리인 당신에게 돌아오는 건 늘 혹사와 배곯음뿐이었다. 삶의 시름을 다듬이소리로 달래야 했을 고단한 어머니를 그려본다. 이렇듯 다듬잇돌은 숱한 방망이의 세례로 생채기를 훈장처럼 간직하고 있지 않은가.

칠십 년대 말, 신비스러운 화학섬유가 출현하자 다듬잇돌은 쇠퇴의 길을 맞이하였고 여인들의 일손은 혁명적이라 할 만큼 가벼워지게 되었다. 저 베란다의 다듬잇돌은 어른들의 먼 길 나들이옷을 손질한 새며느리의 방망이질을 끝으로 소리를 잃은 지 오래다.

새하얀 옥양목 푸새 옷을 입으신 단아한 어머니의 모습은 아직도 뇌리에 선연하다. 학창 때 멀고 먼 학교를 찾아오신 일과 주왕산 나들이의 추억이 생생하다.

고등학교 이학년 때 어느 체육 시간이었다. 안동까지 아들을 찾아 어머니가 오셨다. 운동장 끝에 힘없이 서 있는 흰 치마저고리 차림의 여인이 한눈에 어머니임을 알아차릴 수 있었던 건 천륜이 뻗친 영감 때문일까. 순간 불길한 예감이 스쳤다. 수업이 끝나자 얼른 달려가서 손을 잡으며 다짜고짜 왜 오셨느냐고 물었다. 젖먹이 막내아들을 잃은 심란한 심사를 달래러 오신 것이었다. 어머니 손을 잡은 내 손가락

마디마디엔 나도 모르게 힘이 죄어졌다.

또 한 번은 내가 마흔 살이 갓 넘은 때였다. 어머니는 수백 리 밖 오지 학교에 둥지를 틀고 있는 아들네 집을 찾아오셨다. 그 길은 대처로 이어지는 유일한 길, 바람재를 넘어 이십 리 밖 읍내까지 나와야 버스를 탈 수 있었고, 중간에서 또 갈아타야 하던 시절이라 어려운 행차가 아니었다. 모처럼 우리 가족은 올망졸망 어린 것을 업고 끌며 설레이는 가슴으로 어머니를 모시고 인근 주왕산으로 소풍을 나섰다. 일동은 폭포 앞에 서서 포즈를 취했다. 다듬이질로 윤기가 흐르는 하얀 옥양목 치마저고리를 입으신 어머니가 손자 손녀의 손목을 잡고 바위 절벽을 배경으로 서 계신 정경은 마치 낙락장송에 날아든 희디흰 한 마리 학의 자태를 연상케 하는 순결 무구한 모습이었다. 환한 미소를 띤 자태에 나는 어머니와의 나들이에서 생전 처음으로 모자간의 행복을 느꼈다. 그 사진이 좋아 아직도 제사상에 약력을 겸한 영정을 모셔내어 선비先妣를 그리곤 한다.

가세가 상승곡선을 그릴 무렵, 아버지는 고향 산기슭에 작은 암자를 세우시고 가족들은 불자가 되어 부처님께 귀의하였다. 어머니는 틈만 나면 그 절에서 식솔들의 영화를 기원하였고 아들의 복덕을 지극정성으로 빌었다. 어른들이 손을 떼고 난 암자는, 절간 살림이 어려워져 몇 손을 넘어가더니 소속 종파를 바꾸어 지금은 대처승이 절집을 지키는 처지가 되었다. 어처구니없는 변신에 내 마음도 멀어져 갔다. 한동안 발길을 끊었지만 창건주의 아들인 나에게 지금도 연중행사 통지가 날아오고 있다.

몇 해 전 암자에서 종형수의 사십구재가 열렸다. 본존불을 바라보았다. 금칠이 퇴색되어 가무퇴퇴한 석가모니 불상이 볼품없어 보였다. 그 불상을 봉안할 때 내 딴에는 거금을 보탰었는데, 지금은 금박이 벗겨져 영 낯설었다. 꾀죄죄한 불상에 주지 스님마저 앞니가 빠진 채 함께 쇠락하는 모습이 눈에 밟힌다. 절집의 궁핍한 자국이 곳곳에서 새어 나왔다. 그럼에도 스님은 부처님이 아담하고 인자하시다고 애써 자랑을 늘어놓는다. 어머니 살아생전에 지극정성으로 위하던 부처님이 아니던가. 다시 물끄러미 응시하자 옛날의 그 부처님 윤곽이 조금씩 되살아났다. 이어서 어머니의 독경 소리가 은은히 법당 가득히 낭랑하게 퍼지는 듯하다. 그날 뒤로 매년 초파일이면 어머니를 생각하며 자그마한 연등 값을 줄곧 보내곤 한다.

어머니는 가셨어도 나는 혼자이지 않다. 어머니의 자정慈情이 집에서는 다듬잇돌로, 고향 암자에 가면 본존불이 옛정으로 전해 온다. 자식 건사하랴 기도하랴 편할 날 없으셨던 모정이 어느 어머닌들 다르랴만, 내 어머니가 남긴 애집愛執의 흔적을 아직 가까이할 수 있어 외롭지 않다. 세상의 어머니가 살아 온 철학이 '나는 괜찮다'였고, 자식 위해서라면 목숨까지 선뜻 바꾸려는 게 모성 본능이건만, 생전에 못다 갚은 은공이 회한으로 살아나 가슴이 쓰리다. 어머니가 환생하신다면 아내에게만 맡겨 온 목욕을 내손으로 시켜드리면서 민얼굴로 어머니와 살가운 교감을 해보고 싶다.

아버지가 떠나실 때 외따로 잠드신 어머니를 합폄으로 모시고 돌아오던 날, 쌓인 피로에 곯아떨어져 잠이 살짝 들었다. 복사꽃 화사하게 만발한 무릉도원 길을 수레를 타고 철커덕 철커덕 소리에 장단 맞추며 유쾌한 기분으로 달려가던 상서로운 꿈이 아직도 기억에 생생하다. 지금도 그 꿈을 떠올리며 당신의 극락왕생을 염원한다.

(2014)

Ⅳ

대일(大日) 칼럼

긍구당肯構堂

'인걸人傑 지령地靈'이란 말은 자연의 경치가 좋은 곳에서 뛰어난 인재가 난다는 말이다. 과연 그럴까.

안동의 4대문에 걸린 '한국정신문화의 수도 안동'이라는 현판이 나그네의 눈길을 끈다. 농암 이현보, 퇴계 이황, 서애 류성룡, 학봉 김성일, 후조당 김부필, 육사 이원록, 초대 국무령 석주 이상룡 등 걸출한 인물들이 안동 땅에서 태어난 것을 보면 이곳이 예사롭지 않은 땅임이 분명해 보인다.

'때때옷의 선비 농암 이현보'는 효절의 선비이자 청백리요, 강호문학을 창도하였으며 숭정대부를 제수받은 인물이다. 그가 태어나고 꿈을 키운 안동 도산면 분강촌 옛터를 밟아보고자 35번 국도를 달리다가 분천리라는 표지판을 따라 길을 꺾었다. 그의 고조부 이헌이 입향하여 650여 년간 이 가문을 번창케 할 수 있었던 입지가 궁금해서였다. 그러나 물 마른 지 오래된 안동댐 상류에는 잡목과 수풀로 뒤덮여 옛날의 분강촌 흔적은 가늠할 수 없었다.

청량산 자락을 휘감아 흐르는 낙동강 상류에는 유난히 굽이가 많아 이름하여 도산 9곡이라는 절경이 빚어져 있다. 도산 9곡이 낳은 인물로는 하류로부터 칠군자의 일원인 김부필을 비롯하여 우탁, 조목, 금란수가 있고, 제4곡 분천곡에서 농암 이현보가 태어났으며, 퇴계 이황, 이육사 등의 세거지가 이 유역에 점철해 있다.

제8곡 가송리로 발길을 옮긴다. 농암 종택은 안동댐 건설로 1975년 분강촌에서 북쪽으로 15km떨어진 안동의 끝자락 청량산 근처의 낙동강 상류 가송리 올미재로 이건되었다. 이곳 가송리는 물굽이와 단애, 소와 협峽이 어우러진 곳으로 '별천지로서 하늘이 땅을 만들어 간직했다 내어준 낙지'라고 극찬한 땅이다. 사색과 글쓰기로 은거를 즐기는 이 댁 종손의 취향과 맞아떨어진 천혜의 땅이다.

분강촌에서 이곳으로 옮긴 건물로는 종택, 긍구당肯構堂과 사당, 분강서원, 정자인 애일당愛日堂이 있다. 그중 백미는 긍구당이다. 긍구당은 입향조이자 농암의 고조부인 이헌이 지은 종택의 별채였다. 이 사랑채에 긍구당이란 편액을 건 이는 농암이다. 긍구肯構는 '조상의 유업을 이어 나간다'는 뜻으로 가문의 전통이 소중함을 강조한 성싶다. 농암은 긍구당 터에서 태어나고 긍구당을 중수하였으며 거기에서 임종을 하였다. 긍구당에는 농암의 체취가 배어 있고 의식과 사상이 묻어 있다. 이곳에서 자라면서 꿈꾸고 대의를 다졌다. 농암이 이룩한 청렴, 애민, 효절, 그리고 자연 사랑 정신을 긍구당이 자산으로 간직하고 있다. 긍구당은 가문의 규범이요, 존엄이자 명예이다. 인내와 노력과 절제 없이 어찌 유업을 이어 나갈 수 있겠는가고 끊임없이 자손들을 다독이는 듯하다.

농암은 직언을 서슴지 않는 기개로 절의를 지켰고, 경직京職보다 외직을 자청하면서까지 효도를 다하였다. 칠십 노구로 때때옷을 입고 부모 앞에서 재롱을 부리며 화산양로연을 베풀어 노인을 공경하는 데 앞장섰다. 농암 선생은 사후 백성을 지극히 사랑한 관리로서 애민정신과 청빈으로 일관하였기 때문에 청백리에 녹선錄選되었고 숭정대부에 제수되었다. 그의 가문은 선조 임금이 내린 휘호 '적선積善'으로 대변되었고 '효절孝節'이란 시호로 웅변되었다. 유교의 나라 조선에서 백성을 근본으로 여기는 민본주의民本主義에 바탕을 둔 까닭일 것이다. 아름다운 분강촌의 맑은 기운이 그를 그렇게 키웠으리라.

훌륭한 인물 모시기와 훌륭한 인물 되기, 그리고 인물 따라 하기의 염원이 서려 있는 곳이 종택이다. 인물과의 소통을 위해서는 알고 가야 한다. 아는 것만큼 보이므로.

대구일보 '대일산필' 2012.

긍정의 힘

'착한 일을 하는 사람은 하늘이 복으로써 갚고, 착한 일을 하지 않는 사람은 하늘이 재앙으로써 갚느니라.' 명심보감 첫 구절에 나오는 말이다. 인류의 큰 스승 공자의 말씀에도 불구하고 세상사 돌아가는 모습은 꼭 그렇지만은 않음에 탄식하는 자 어찌 한둘이겠는가.

어느 지인은 교통사고로 수년간 병원에서 사경을 헤매다 겨우 의식을 회복하였다. 필담으로 의중을 교환하며 휠체어조차도 혼자 움직일 수 없는 영어囹圄의 몸이나 다를 바 없는 중증장애인이다. 온 가족의 밥줄로 삼았던 자동차로 인해 자리에 눕게 될 줄 누가 알았으랴. 아이러니가 아닐 수 없었다. 어지간한 고장은 무상 수리를 해주기도 하고 손님을 대하는 자세도 주위의 칭송을 받기에 족하였으며 남다른 기술이 알려지면서 손님이 줄을 이었다. 가게 문을 연 지 십여 년 간 자동차를 내 몸처럼 보살피는, 정말 열심히 일하는 사장님이었다.

청천벽력은 죄지은 자에게만 내리는 형벌이 아닌 모양이었다. 느닷없이 들이닥친 불행 앞에 무릎을 꿇었다. 사고 후 그 잘나가던 사업도

접어야 했다. 그의 아내는 남편의 병 수발과 가족의 생계만도 버거운데 아들 둘까지 어미 속을 썩였다. 게임중독은 혼줄을 놓치게 하는 블랙홀인가 보다. 학교와 PC방을 돌며 모자간은 숨바꼭질하는 날이 늘어만 갔다. 어찌 속내의 눈물이야 없었을까마는 힘든 역경에도 어머니는 꿋꿋했다. 방안에 있는 저 복덩이가 제발 두 아들이 장가갈 때까지 만이라도 살아달라고 간절히 기도하고 다녔다. 중증장애인 남편을 오히려 복덩이로 치환함으로써 긍정의 힘으로 하루하루를 이겨내고 있었다. 포기하지만 않으면 행복은 언젠가 내 편이 된다고 믿었다.

신이 감동한 것일까. 엇박자로만 가던 큰 아들이 장학생으로 대학을 갔다. 놀라운 반전이었다. 원수의 컴퓨터가 그를 살린 것이다. 그는 복학을 앞두고 어머니가 대준 학비를 갚기 위해서 컴퓨터 관련 아르바이트를 한단다. 약속이나 한 듯 동생도 방황을 접고 형을 따라 공부에 열중이라는 소문이 들렸다. 가족이 뭉치면 불행도 쫓겨 간다. 피할 수 없으면 즐기라 했었지, 찾아 든 난관에 좌절하지 않고 희망의 빛을 향해 긍정하며 사는 것이 그 어머니가 살아가는 방식이다. 주문呪文처럼 되뇌이던 긍정의 힘이 치유의 특효약이 된 것이리라.

호주에서 사지가 없이 태어난 닉 부이치츠는 세계를 돌며 2백 여만 명에게 감동과 희망을 불어넣은 동기부여 연설가이다. 일찍 그는 거울에 비친 자신을 보고 묻고 답하기를 이렇게 반복하였다고 한다. "비록 팔과 다리가 없지만 네게는 무엇이 있지? 하느님이 네게 무엇을 주셨지?" "닉, 너는 팔다리가 없지만 푸르고 아름다운 눈을 가졌어. 그리고 따뜻한 우정도 …”

'방 안의 복덩이'

새삼 어떤 마음자리가 행복을 이끄는지를 생각하게 하는 일화가 아닐까 싶다.

(2012.)

대구지하철 소묘

염제炎帝의 횡포로 대구 분지가 도가니처럼 달아 있다. 연일 37도를 오르내리다가 급기야 40도를 훌쩍 넘는 불볕을 앞세워 도발을 해 온다. 숨 막히는 한증막에 모두들 안절부절못한다. 찜 솥 안에서 익어가는 것들의 고통이 이런가 싶다. 쥐어짠 듯 체액이 송알송알 비쳐 나오고 땀줄기가 등골을 간질인다. 이럴 때 우리는 계곡이나 바다를 찾아 도심 탈출을 시도한다. 가까운 대형 할인 매장을 피서지로 삼아 알뜰 피서를 즐기기도 한다.

이동하는 피서지로는 지하철 전동차 안이 단연 압권이다. '쾌적'이란 말의 대명사가 대구지하철이 아닌가 싶을정도다. 전동차 안은 더위에 찌든 육신의 피로를 씻기에 안성맞춤이다. 둘만 모였다하면 '분답다'(산만하다라는 뜻의 경상도 사투리)는 경상도 사람들의 기질이지만 요즘 전동차 안은 여느 도서관 수준으로 정숙하다. 노약자석은 성역화 되어 있고 교통 약자가 등장하면 젊은이들은 흔쾌히 기사도를 발휘한다. 선진 질서가 뿌리내린 현장이다.

사람들은 스마트폰을 곁에 두지 않으면 분리불안을 느낀다. 이미 손 안에 익숙한 이것을 만지지 않으면 허허롭다. 차에 오르자마자 먼저 '이어폰 탯줄'로 일심동체가 된다. 주인의 손가락은 만물 상자 무대 위에서 까치발을 하고 춤을 추면 미디어가 불리어 나온다. 차 안은 집단적으로 웹 삼매경에 빠져든다. 문자를 날리고 음악과 영화를 감상하는 종합감상실로 변신한다. 요즘 젊은이들은 마치 디지털 문화가 지배하는 신대륙에 정착한 이주민 같다. 종이매체와 디지털 매체로 확연히 갈라 세우는 세대 분리의 깃발을 스마트폰이 드는 형국이다.

스마트폰의 출현으로 책을 펴들고 있는 젊은이를 찾아보기가 쉽지 않은 게 사실이다. 이동 중에는 독서보다 휴대폰 기능을 이용하는 사람이 대세를 이루고 있다는 조사 보고가 증거하고 있다. 천천히 새겨 읽고 사색하며 감성을 북돋우는 독서가 사라지고 있어 씁쓸하다. 의미를 탐구하는 깊이와 진중함을 경시하고 있기 때문일 것이다. 인터넷과 게임에서 위안을 얻는 의존형 인간이 늘어가고, 웹에서 빠져나오면 왠지 불안해하는 중독 증상이 크게 확산되지 않을까 우려스럽다. 깊이보다 얕음을, 무게보다는 가벼움을, 지성보다는 표피를 추구하려는 경향을 걱정하는 일이 나만의 기우이길 바란다.

국가고객만족도 평가에서 4연패를 달성한 대구지하철은 분명 대구 시민의 자랑거리다. 화마로 상처 입은 대구지하철은 그날의 악몽을 쉽사리 지울 수 없어 속죄하는 마음으로 치열하게 내실을 다져왔을 것이다. 그 결과 고객만족도가 전국 최상임을 검증받았다. 내 경험으로 봐도 분실물을 처리하는 종사자들의 정성이 고객을 감동시킬만 했다.

대구지하철은 명문가의 종부와 같이 참을성 있고 무던하다. 한 몸의 불편을 내색 하는 법이 없다. 젖은 손 마를 날 없이 혁신을 거듭하는 모습이 아름답다. 아픔은 드러내지 않고 조신에 엄격하며 품격을 앞세우는 품이 그렇다. 요즘처럼 더위에 지친 시민이 얼른 뛰어들고 싶도록 쾌적한 분위기 안으로 살갑게 맞이하는 대구지하철은 명품이라 해도 손색없다.

역세권에 옮겨 산 지 십 년째가 되어도 지하철은 한 번도 늑장을 부리거나 서비스에 소홀한 적이 없었다. 늘 긍정적인 삶을 사는 어느 지인은 인근 공항에서 이륙하는 전폭기의 굉음을 들으면 무한한 기를 느낀다는 말과 같이 나 또한 전동차가 시원한 바람을 몰고 홈으로 미끄러져 들어오면 처졌던 심신이 상쾌해진다.

편리한 발, 시민의 안락한 휴식처, 대구지하철은 우리들과 친숙한 애마임에 틀림없다.

(2012)

모정의 세월

나른한 봄날 오후, 원기 회복에 좋다는 토종닭 한 마리를 사러 5일장을 찾았다. 조산천변에 길게 늘어선 하양 장은 호객꾼들 소리로 시끌벅적하다. 멀찌감치 제방 둑에 진을 친 난전에는 닭들의 소란에 장꾼들이 가세하여 생동감이 넘친다. 임시로 둘러친 닭 우리에는 5~6개월 자란 중닭들이 깨금발로 고개를 쳐들고 경계의 눈알을 굴리고 있다.

먼저 온 여남은 사람이 차례를 기다린다. 일할 때 편하게 입을 수 있는 일 바지, 일명 몸빼 차림의 칠 십대 노파는 잽싸게 닭다리를 낚아채어 종이박스에 몇 마리씩 담아낸다. 닭들은 그의 손아귀에서 마취된 듯 속절없이 포로가 된다. 재바르게 박스를 묶어내는 노파의 손놀림은 가히 신들린 손에 가깝다. 나날이 굵어가는 닭치는 재미, 상상만 해도 부럽다. 다 자라면 내다 팔기도 하고, 다가오는 삼복에는 가족들의 보양에 제격일 터이다. 활력 넘치는 장날 풍경에 동화되어 옛 시절로 돌아간 듯 마음이 설렌다.

우리가 산 수탉은 한쪽 구석 가림막 안에서 최후를 맞을 참이다. 노파에게 말을 걸었다.

“오늘 많이 팔았겠습니다.”

닭 우리를 지키고 있는 30대 초반의 아들을 가리키며 노파는 대답한다.

“말도 마이소. 저 인사가 막내인데 사고뭉치라 내 나이 칠십까지 속썩인 건 말도 못해요. 이제 겨우 마음잡고 이 일을 거들고 있소. 성화에 못 이겨 분수에 넘치는 큰 차를 사 주기도 했고, 초등학생인 지 새끼가 재주가 있어서 어느 대학 영재교육원에 뽑혀 이제야 사는 재미를 붙였는기라.”

어두운 뒤안길을 벗어난 듯 노파의 손에 신명이 오르고 목소리에 날개를 단다.

우리가 점찍은 닭은 어머니의 손에서 아들에게 인계되었다. 그가 쥐고 있는 시퍼런 칼날에 닭의 숨은 끊어지고 퍼덕거리던 날개는 잠잠해진다. 모든 생명의 최후는 이렇듯 허망하다. 털을 뽑고 배를 가르고 내장을 손질하는 솜씨가 어머니의 말씀을 추인하고 방황을 접은 듯 능숙하다. 노모의 삶을 늘 팔짱만 끼고 보다가 자신이 팔을 걷고서야 모정을 깨달았으리라.

“훌륭한 어머니를 모셨소. 어머니를 잘 위해 드려요. 듣자니 집안이 잘 되어가는 것 같소.”

팔뚝에 일등 스탬프를 찍듯 그의 가슴에 격려 한 마디 꾹 눌러주었다.

세상에 마음대로 되지 않는 게 자식 건사하는 일이다. 벼랑 끝에서 가로 막아서기 한두 번으로 자식이 잘 성장해 준다면 누가 부모 되기 어렵다 할 건가. 역주행을 일삼던 그가 순방향 출발선에 다시 선 것이다. 정상 궤도에 진입한 자식을 바라보는 노파의 음성에는 안도의 한숨이 섞여 나온다. 공부 좋아하는 어린 것이 방황하던 아비의 영혼을 일깨우며 가족에게 희망과 기쁨을 보탰을 것이다.

선선한 바람 한 줄기 불어온다. 웃음을 머금은 모자母子의 얼굴 위로 아카시아 꽃향기가 진하게 스쳐 간다.

(2012)

몸부림

시장경제의 중심에는 기업과 자영업이 있다. 정리해고와 구조조정 등으로 일자리를 잃은 사람들이 늘어나면서 창업자도 증가했다. 그곳 주민에게 무엇이 필요할 것이라고 판단되면 공급자는 재빠르게 등장한다. 우후죽순처럼 늘어나는 자영업자들, 보는 이들의 우려 속에 나타났다가 안타까움만 안겨주고 사라지는 가게들이 많다. 화려한 꿈과 기대를 안고 출발한 가게의 고급스런 인테리어가 한번 반짝하지도 못하고 무용지물로 전락한 점포는 사람들의 마음을 안타깝게 한다. 공급자는 수요자를 불러 모으지 못하면 이내 시들어서 문을 닫을 수밖에 없는 게 적자생존의 법칙이다.

요즘 마케팅은 남다른 기법이 있어야 한다. 남과 다름은 창의성이다. 어느 영역이든 남다르지 않으면 주저앉을 수밖에 없다. 생존을 위한 경쟁은 처절한 몸부림에 가깝다. 특히 가게에 내 걸리는 간판은 삶이 얼마나 팍팍한지를 적나라하게 보여준다. 어쩌다가 여기까지 왔느냐고 개탄할 사람도 있겠지만 창업자의 고민을 이해하면 곧 숙연해지고 말 것이다.

발칙한 가게 간판 하나를 본다.

'×:발:점' 상호로서는 파격이자 막장에 가깝다고 해야 할까. 그러나 도덕적 가책에 오금이 저렸는지 상호 앞에 말풍선을 달고 적은 내용인즉 '차茶 따위가 떠나가 버린, 새 출발하는 시:발:점' 즉 시발점始發店이란 순수한 뜻임을 강변한다. 커피 가게를 하던 자리에 들어섰다는 해명이다. 변명과 해명은 빗발칠지도 모를 비난을 아슬아슬하게 살짝 비켜 갔다. 이미 주목을 끌만큼 끌었으니 천박한 걸로 오해하지 말라는 치고 빠지기 수법이다. 주목을 끌기 위하여 간판 글자를 뒤집어 쓴 것은 보았어도 욕지거리 같은 상호는 처음 본다. 쓴 웃음이 절로 나왔다.

간판뿐 아니라 경영 기법 또한 기발해졌다.

네덜란드 '한스 브링커 버짓 호텔'은 "우린 싸구려 호텔입니다" 라고 결점을 솔직하게 인정하는 디마케팅De-marketing 전략을 구사하였다. 불편하고 허름한 시설을 숨기기보다는 오히려 당당하게 드러냄으로써 배낭 여행객들의 명소로 떠올랐다는 것이다. 이실직고형 역발상은 불씨만 남아 있는 신뢰를 활활 타오르게 만들어 주었다.

낡은 주택가를 거닐다가 어이없는 식당 간판을 발견했다. '싸게 팔다가 망한 집'이다. 싸다는 것에 방점을 찍은 절규의 깃발이다. '싸게'만 강조한 나머지 '맛있게'를 소홀히 하다가 간판의 표현대로 망해 나갔는지, 아니면 디마케팅의 효과로 성업 중인지는 다시 가보지 않아 알 수 없다.

또 건강보조식품의 대표가 직접 모델로 출연하여 자사 상품을 광고 하는데

"○○○, 남자한테 참 좋은데… 남자한테 정말 좋은데… 뭐라고 설명할 방법이 없네…."

차마 어디에 어떻게 좋다고 대놓고 표현할 수 없어 안타깝다는 뜻으로 풀이된다. 노출할까 말까하는 선정적인 어투로 소비자의 궁금증을 유발하여 재미를 본 광고 카피이다.

사흘이 멀다하고 내려오고 올라가는 간판을 보며 오늘의 골목 경제를 읽는다. 톡톡 튀는 마케팅을 보면서 마냥 웃고만 지나칠 수 없는 삶의 버거움에 마음이 무겁다.

(2012)

블랙아웃

어느 지인의 자제가 운영하는 공장을 방문하는 날, 나는 그의 차를 뒤 따라 가기로 했다. 만약 선두를 놓치면 중간에 만날 장소까지 약속하는 세심한 고려도 있었다. 하지만 도중에 신호등이 우리를 갈라놓고 말았다. 그에게 전화를 시도했지만 아뿔싸, 휴대전화의 배터리가 방전되어 있질 않는가. 제아무리 요술 같은 기능을 자랑하는 스마트폰이라지만 전원이 끊긴 순간, 무용지물로 전락되고 말았다. 만약을 대비하여 일찍이 자동차용 충전 잭을 비치했지만 오늘따라 이마저 불이 들어오지 않았다. 당초에 목적지에 대한 정보를 몰랐던 터라 내비게이션도 있으나 마나였다. 스마트폰이랑 내비게이션의 위세는 나뭇가지에 말라붙은 매미껍질에 불과했다. 도리 없이 아날로그적인 접근을 하지 않을 수 없었다. 부동산중개소에 들러서 벽에 걸린 대형 지도를 보는 순간 야릇한 편안함을 느꼈다. 영악한 디지털과의 신경전이 불필요했기 때문일까. 자상하고 친절한 주인의 설명을 듣고 쉽게 목적지의 위치를 알아냈다. 곧장 회사에 도착하자 당초 약속했던 장소에서 애타게 기다리던 그 어른께 부자간 통화가 이루어짐으로써 사태는 일단락되었다.

얼마 전 발전소 기기 고장이 예비 전력 급락을 초래하여 하마터면 전국의 모든 전력 시스템이 일시에 먹통이 되는 이른바 '블랙아웃'이 될 뻔했다. 끔찍한 상황에 놀란 정부는 거국적 정전 위기 대비 훈련을 실시한 결과 화력발전소 10여 기에 맞먹는 5백만 킬로와트를 절약함으로써 블랙아웃을 예방할 수 있다는 확신과 아울러 국민적 관심을 널리 환기시키는 성과를 얻은 것 같다.

흔전만전으로 끌어다 쓸 수 있는 게 우리나라의 전기이다. 물이 마르기 전에는 물의 소중함을 모르듯 전기의 소중함을 깨닫지 못하고 낭비하는 자세는 자제되어야 한다.

비상 발전 시스템이 잘 정비된 요즘이야 드물겠지만 잦은 정전에 마음 놓을 수 없었던 1960년대에는 양초와 성냥이 중요한 가정 상비품이었다. 현대 산업사회에서는 초정밀이 요구되는 산업현장에 순간적인 정전에도 치명적인 피해를 입는다. 누구나 위기를 겪어보지 않으면 방심하기 마련이다. '남이 놓은 것은 소도 못 찾는다.'는 말과 같이 양초와 라이터 같은 하찮은 것일지라도 암흑 속에서는 당황하여 눈에 잘 띄지 않을 뿐 아니라 돌파구를 찾는 지혜도 블랙아웃 되기 일쑤다. 개인, 가정, 직장에서 급박한 상황에 대비하여 배터리용 라디오나 양초, 라이터와 같은 비상 물품들이 경계태세를 갖추고 있는 지 살펴 볼 일이다. 디지털이 늘 아날로그의 상위일 수가 없음을 깨닫는다. 원형이 진화보다 더 안정감을 준다고 하면 억지일까.

모든 현상에는 예측이 가능한 일과 불가항력의 일이 때와 장소를 가리지 않고 출현한다. 인재는 막을 수 있겠지만 불현듯 달려드는 재앙은 손쓸 틈을 주지 않는다. 평화롭던 가게나 응당 안전지대인 인도를 느닷없이 덮친 자동차에 무고한 생명이 희생되는 사건은 마른 하늘에 내린 날벼락이다. 이럴 때는 절대자도 아는 체를 않고 운명일 뿐이라고 변명한다. 이렇듯 재앙은 늘 눈을 부릅뜨고 인간의 허점을 노리고 있다.

1960~70년대, 자주국방의 기치아래 세상을 풍미하던 '유비무환'이란 경구가 새롭게 다가오는 요즘이다.

(2012)

사소한 배려

저녁 산책길, 아파트를 막 벗어나려는 순간이다. 바로 앞에 땀 냄새 풍기는 후줄근한 노파 한 분이 세 발 리어커에 수집한 빈 종이박스를 싣고 있었다. 오늘 수확은 당신 키 높이만큼 풍성하다. 그 많은 것을 한꺼번에 쟁여 묶자니 매끄러운 놈은 미꾸라지처럼 중간에서, 밑에서 틈만 있으면 자꾸 옆으로 비집고 나와 혼자서 감당이 안 되는 모양이다. 우리 부부는 가던 길을 멈추었다. 아내는 짐을 붙들고 나는 고무밧줄로 동여매었다. 못다 실은 물건을 잃어버릴까봐 노파는 조바심한다. 한 번 더 행차하려고 바로 옆 주차장의 자동차 밑에 밀쳐 넣어 동업자의 눈에 띄지 않게 갈무리하고서야 마음이 놓이는가 보다. 힘들게 얻은 노획물이기에 그럴만했다. 한갓 폐기물에 밥줄이 달린 약자의 삶이 이토록 애면글면할 수 있을까 하는 마음에 가슴이 먹먹해 온다.

폐지를 찾아 나서는 노파의 동공은 소꼴을 찾아 나서던 내 유년의 기억에 주파수를 맞춘다. 농가에서 소먹이는 일은 노인이나 어린아이들이 주로 맡는다. 내가 어릴 때 소를 놓아 풀을 뜯기는 곳은 주로 골 안이었다. 오후 네댓시 쯤이면 집집마다 소를 몰고 사립문을 나선다. 동구 밖을 지나면서 어느 산으로 갈까를 정한다. 소가 일을 하느라 많이 빠진 날에는 무서워서 산에 잘 가지 않는다. 이런 경우에는 논둑이나 밭둑에서 고삐를 이끌어 풀을 뜯기곤 한다. 풀을 뜯는 모양을 유심히 보면 참 재미가 있다. 맛있는 풀과 맛없는 풀을 분간할 수 있다. 소가 맛있어하는 풀을 만나면 입을 크게 벌리고 밑동까지 한가득 휘어잡아 물고는 싹둑 잘라먹는다. 풀을 잘라서 뽀드득 뽀드득 씹는 소리가 사람의 침샘까지 자극하면서 쾌감으로 전해 온다. 어릴 때 소꼴을 베러 나서면 그런 풀무더기만 눈에 아른거린다. 노다지를 만나면 수월하게 발로 밟아서까지 한 망태를 채운다. 그런 날, 귀갓길은 콧노래가 절로 나온다.

골목을 주름잡으며 가게를 기웃거리는 노파의 보물찾기는 두툼한 종이 박스이듯 내가 두리번거리며 찾아 헤매던 것도 소가 먹음직해 하는 풀섶이었다. 다만 나는 소에게 두어 끼의 배를 채우면 그만이지만, 가족의 일용을 채워야 하는 노파는 버거움에 편할 날이 없으리라. 심산유곡을 뒤지는 심마니의 갈구와 다름없을 것이다.

노파는 자신 때문에 우리 부부의 산책길에 지장을 주었다고 계면쩍어한다. 영혼이 맑은 그에게서 받은 인사에 도리어 우리가 더 고마워했다. 산책길의 우리는 행복했다.

가슴 뭉클한 장면 하나가 뇌리를 떠나지 않는다. 신호등이 깜박이다가 끝나려는데 횡단보도의 중간 쯤에서 한 할머니가 카트[cart]를 힘겹게 밀고 가고, 남자 중학생 둘이 그 뒤를 따라 건너고 있었다. 힘에 겨웠던지 할머니의 카트가 기우뚱하자 실린 보따리가 엎질러졌다. 깡통이며 재활용품들이 물귀신처럼 할머니의 자그만 자존심마저 한꺼번에 안고 쏟아져 데그르르 구르는 게 아닌가. 밀려든 차들은 멈추고 뒤따르던 중학생들이 엎디어 재빠르게 주섬주섬 주워 담아 드리고는 경황없어하는 할머니의 등 뒤에다 대고 꾸뻑 인사를 하고는 사라진다. 긴박했던 모습에 보는 이가 더 조마조마했다.

요즘 아이들이 자기밖에 모른다고 누가 타박하겠는가. 시킨 이 없건만 돌발 상황에서 주저 없이 팔을 걷어부치는 모습은 여간 기특한 일이 아니다.

사회적 약자들이 겪고 있는 삶의 바닥을 목격하고 나니 한 명제가 떠오른다. 누군가 말했듯 배려와 봉사는 자신을 위해서 하는 것이라고.

(2012)

수다와 소통

말은 절제할수록 좋겠지만 소통에는 많은 대화가 필수적이다. 경상도 남자들의 입은 대다수가 집에서만 너무 무겁다. 한때 '아(아이)는?' '밥 도(줘).' '자자.'라는 우스갯말로 무겁던 좌중의 분위기를 띄웠다는 이야기가 SNS에 돌았다. 퇴근 후에 하는 말이 고작 이 세 마디라면 그 집 안주인의 정신 건강은 과연 안녕하실까.

내 젊은 날은 어떠했던가. 퇴근해서 집에 들어오면 아내로부터 하루 일과를 보고 받듯이 귀만 열려 있었다. 살가운 대화를 건넨 적이 별로 없다. 아내는 혼자의 변설에 멋쩍어 하면서 당신은 왜 그렇게 재미성이 없느냐고 나무라기 일쑤였다. 천성이라고 둘러댔지만 사실 나는 범상한 일을 가지고 조곤조곤 재미를 더한 이야기를 엮어내는 재간이 없었다.

말수가 적은 천성도 환경에 따라 변하는가보다. 그런데 며느리를 들이고 나서 나도 입 여는 횟수가 조금 늘었다. 각기 생업을 따라 산지사방으로 흩어져 사는 것은 피할 수 없는 일. 삶의 터전이 달라 명절이 아니면 자주 상면하기가 어렵다. 우리 내외가 간혹 그네들 집엘 다니러 가는 정도가 왕래의 전부다. 며느리는 직장 일하랴 가사일 돌보랴 거미줄에 감긴 듯 힘겨워 보인다.

그러면서도 꼭 잊지 않고 하는 일이 있다. 저녁마다 시댁에 전화를 거는 일이다. 날마다 걸려 오는 얘기래 봤자 별거 있을까 싶지만 길가에 기어 다니는 개미 이야기와 같은 자질구레한 일상을 구사하는 스토리가 풍부하다. 그의 촉수에 걸리면 무슨 소재이든 재미나게 엮어낸다. 며느리의 수다에 시어미의 웃음소리는 가라앉았던 집안의 정적을 날려버리고 금세 화기로 부풀게 한다.

하지만 아들은 며느리와는 딴판이다. 아비의 유전자 복제판이다. 자석이 같은 극끼리는 서로 밀어내는 것처럼 부자간 대화의 단초를 찾는 데는 고심이 따른다. 아들에게 다가갈 이야깃거리로 뭐가 있을까를 생각해본다. 아들의 고단한 직장 이야기는 탐탁찮게 여길 것 같고, 아비 관심사는 아들 편에서 코드가 맞지 않을 것 같아 피차 접점을 찾기가 어렵다. 쉬이 찾지 못하면 서먹한 기류만 공회전하게 된다.

부자간 대화에도 인수분해가 필요하다. 퍼뜩 생각한 인수因數가 스마트폰이다. 전자제품에 대한 호기심이 많은 나는 스마트폰을 사용한 지 2년이 되었다. 젊은 이 만큼 자유자재로 활용하지는 못하지만 그래도 동년배 사회에서는 '호랑이 없는 골에 토끼가 선생 노릇' 하는 격은 된다. 체면을 내려놓고 먼저 입을 연다.

"애비야, 메모 기능 앱(애플리케이션)으로 뭐가 있나?"고 묻는다.

"예, 그건 컬러노트도 있고 에버노트 등 여러 가지가 있어요. 그리고 스마트폰을 잘 이용하면 요술 상자 같아요. …" 콸콸 이야기가 넘쳐 나온다. 제가 활보할 수 있는 영역이기에 입에 침이 마를 정도로 이야기를 끌고 간다. 옳다 이때다 싶다. 어지간히 분위기가 무르익으면 집안 문제며 친척 이야기, 문중 문제로까지 발전시킨다. 제법 풍성한 수확을 거둘 때도 있다.

요즘은 온통 '소통' 문제로 세상이 시끄럽다. 소통 부재에서 오는 심각성은 새삼 말해 무엇 하랴. 수많은 관계 속에서 '소통'이 이슈로 떠오르는 것은 이 시대의 희망이다. 갈등으로 빚는 헤아릴 수 없는 폐해의 원인균이 바로 불통이 아닌가. 마음을 열면 양 진영의 속내까지 투명해진다. 심리상태가 보이고 문제의 해결책이 보인다. 열린 마음에서는 서로를 너그럽게 받아들인다. 중간중간 서로의 생각을 내면 화학 반응을 일으켜 지혜를 이끌어 낼 수 있다. 소통은 모래 속에서 건져내는 사금砂金과 같기에 나는 오늘도 며느리의 수다를 기다린다.

(2012)

스승의 길, 되묻다

지난 5월 하순, 중학교 동기들의 합동 칠순연七旬宴 자리에 은사님을 초대했다. 2,3학년 때 담임을 맡았던 N 선생님은 구순의 고령임에도 맑은 정신에 거동 또한 지팡이를 들이지 않은 노익장으로 제자들의 큰절을 받았다. 지금은 농촌의 한적한 마을에서 유유자적한 노후를 보내고 계신다.

선생님의 교직 생활은 D중학교에서의 5년이 전부일 뿐이고 오랫동안 우체국에서 근무하다 정년퇴임을 하셨다. 짧은 교직 경륜임에도 우리는 태양을 안고 도는 해바라기처럼 지금도 가끔 선생님을 기리기도 한다. 제자들은 간혹 동기회에 선생님을 초대하여 어린 시절의 추억 여행을 떠나기도 한다. 이토록 존경받는 이유가 어디에 있을까.

1956년, 그때는 6·25전란 직후라 교육 환경이 매우 열악하였다. 창고바닥에 가마니 뙈기를 깔아 교실로 쓰다가 군용의 콘세트 막사로 옮긴 것은 여간한 호사가 아니었다. 막사 끄트머리에는 여느 골방만 한 학교 숙직실이 딸려있었다. 거기에서 선생님은 자취를 하셨다.

시대적 상황이 불안했던 시절이라 늘 자상함과 인자함을 고루 갖춘 선생님은 우리들의 우상이었으며 미더운 버팀목이었다. 담당과목인 수학과 과학은 물론, 과외로 한자 쓰기까지 가르치는 열정적인 분이셨다. 비좁은 숙직실에서 초등학교 1학년이 쓰는 칸으로 된 국어 공책 맨 윗줄에 천자문을 펜글씨로 써 주시고는 글자도 익힐 겸 펜글씨 연습을 해 오라는 숙제를 2년간이나 내주셨다. 장래를 내다본 혜안이었다. 뒷날 우리 동기들이 비교적 앞가림을 잘하는 편에 속하는 것은 N 선생님의 열정 덕분이라고 동문들은 입을 모은다. 아마도 좋은 선생님 덕분으로 중학 시절을 살찌게 하신 분이라고 생각된다.

나도 교단시절 종종 아동들의 글짓기 작품을 집에 가져와 첨삭지도를 해 보아 알지만 펜글씨 체본을 장기간 써 주기란 보통 성의로는 불가능한 일이었다. 무릇 재배하는 작물도 물과 영양을 적당히 주어야만 충실한 열매를 기대할 수 있듯 아이도 기르는 이의 정성에 비례하여 꿈이 자란다는 것은 정한 이치이다.

교과부가 시행한 '대한민국 첫 스승 상'을 수상한 서울 동도중학교 김화연 교사의 기사가 눈길을 끈다. 자가용이 귀했던 시절, 승용차가 있다는 이유로 등 떠밀려 생활지도 담당이 된 이래 17년 째 단골 업무가 되어 지금까지 흔쾌히 사명을 다하고 있다. 요즘 일부 문제 학생과 막무가내식 학부모들에 의해 교권이 쪼그라들어 교육 혼이 구석으로 몰리고 있는 와중에도 '경시經師는 있되 인사人師가 없다'는 우려를 불식한 그분의 학생 사랑이 돋보인다.

야간학교 학생들은 더러 힘겨운 주경야독을 하거나 아니면 엇길을 걷는 아이들이 많다 보니 선생님들은 결석 문제로 골머리를 앓는다고 한다. 그분의 말에 따르면, 모 공업고등학교 야간부 교사를 할 때의 일이다. 한번은 결석한 학생 집엘 갔더니 아이는 잠에 취해 있었다. 차마 깨우지 못한 체 아이 옆에 벌렁 누워 깨기만을 기다렸다가 가져간 라면을 손수 끓여서 함께 나눠 먹으며 이야기를 나눈다. 소년 가장인 아이의 딱한 처지에 넋을 놓고 맞장구를 치는 동안 아이는 선생님의 살가운 정에 정신이 번쩍 들었고, 그 후 순한 양처럼 유순해졌단다.

그뿐만이 아니다. 학생들과 텃밭 가꾸기를 해서 채소를 손에 쥐어 보내기도 한다. 그러면 "선생님, 뭐 더 할 일 없습니까?" 하고 생기가 살아나더라는 이야기다. 학교 뒤뜰에 야영장을 열어 함께 고기도 구워 먹고 기죽은 학생들의 어깨를 다독이며 말문을 열게 하였다는 미담에 머리가 숙여진다.

N 선생님과 김화연 선생님의 제자 사랑이 내 과거를 되새김질하게 한다. 지난날 한 반에 60~70명이나 되는 과밀한 아동을 핑계로 일방통행을 고집하던 교육방식이 뒤늦은 회한으로 남는다. 다시 태어난다면 숨어 앓는 아이들을 놓치지 않는 참 선생이 되보고 싶지만 인생은 복습이 없는 것을 어찌하랴.

(2012)

신기독愼其獨

정신 줄을 동이지 않아 사소한 실수로 큰 어려움을 겪은 경험은 흔히 있는 일이다. 하루에도 몇 번씩이나 매만지는 애장품이 지갑이다. 이걸 잃었을 때를 잃었을 때를 상상해 보았는가. 지갑 속에는 주민증, 운전면허증에다 신용카드 한두 장이 신주 대접을 받으며 가지런히 정좌하고 있다. 그중에서 분초를 다투어 조치를 취하지 않으면 낭패를 보는 신용카드는 유리그릇 같이 조심스러운 존재다. 소중한 휴대용 금고이기 때문이다.

한번은 지하철 개찰구를 통과하여 걸어 나오면서 지갑을 외투 왼쪽 속주머니에 집어넣는다는 것이 주머니 입구로 잘못 알고 놓아버린 것이 소동의 발단이 되었다. 외출에서 돌아오면 으레 시야에 가장 잘 들어오는 침대 옆 문갑 위에 지갑, 휴대폰, 집 열쇠, 이 세 가지를 소지품 검열을 받듯 가지런히 늘어놓는 게 내 습관이다. 외출 목적에 따라 복장도 달라지기 때문에 그때그때 챙겨 넣는 데에 딱 맞는 위치다. 셋 중 한 가지라도 잊고 나갔다가 이내 되돌아오는 실수에 대한 재발방

지책인 셈이다.

매섭게 추운 어느 날, 외출에서 돌아와 이 세 가지를 문갑 위에 내려놓으면서 깜짝 놀란 적이 있다. 주머니에 손을 찔렀으나 매끄럽고 길쭉하면서 도톰한 지갑의 촉감이 느껴지질 않는 것이다. 순간 머리가 핑 돌았다. 외투 주머니며 양복 주머니마다 쥐를 잡듯 쥐었다 놓기를 번개 속도로 되풀이 했지만 주머니는 홀쭉할 뿐 잡히는 게 없었다. 초조할수록 손놀림은 빨라졌다. 아니야 아니야 되뇌어 봐도 소용없는 일, 잃어버린 사실을 확인한 순간부터 아내의 기도가 간절해졌다. 부부 총화가 이만한 적도 일찍이 없었던 것 같다.

내린 지하철역에 화급히 연락했다. 역무원 왈, 지갑 하나를 보관하고 있는데 이름이 뭐냐고 했다. 마치 경품에라도 당첨된 것처럼 얼른 이름을 댔다. 대학생쯤으로 보이는 청년이 계단에서 주웠다며 맡기더란다. 청년의 연락처를 물었으나 모른다고 해서 못내 아쉬웠다. 그날 이후로 지갑을 잡는 내 손아귀에는 같은 실수를 경계하는 신경 줄이 하나 더 늘었다.

도산서원 유물관에 가면 퇴계 선생의 수양 지표인 '신기독愼其獨'이란 선생의 친필 휘호가 있다. 남이 보지 않는 곳에 혼자 있을 때에도 도리에 어긋나지 않도록 조심하여 말과 행동을 삼간다는 뜻이다. 무더운 여름날 퇴계가 의관을 정제하고 책 읽는 모습을 보고 형이 옷을 벗고 시원하게 앉아 공부할 것을 권유했지만 듣지 않았다. 혼자 방 안에 있어도 천 사람 만 사람의 가운데에 앉아 있는 것처럼 생각하고 행동해야 한다며 퇴계는 굽히지 않았다.

누군들 두둑한 지갑에 잠시라도 흔들린 적이 없었을까. 사람은 홀로 있을 때 유혹을 떨치기 어렵다. 요즘 사회를 들끓게 하는 숱한 비리와 추문의 발원은 혼자 있을 때 절제를 저버리기 때문일 것이다. 하늘이 알고 땅이 알고 귀신과 자신이 이미 알고 있다는 퇴계의 '신기독'을 이 청년은 들은 바 없을지라도 양심을 굳건히 지키는 보통 사람의 '신기독'이 한 사람을 안도하게 하고 세상을 살맛 나게 한다.

(2012)

어른 노릇의 어려움

초등학교 시절, 여행이라곤 방학 때 외가나 고모가姑母家 같은 친척 집을 방문하는 것이 유일하였고 더없는 즐거움이었다. 그날을 손꼽아 기다리는 동안은 시간이 참 더디 갔다. 외손자와 친정 조카라는 세 촌이라는 좌표에 내가 있었기에 외할머니와 고모의 환대는 유별났다.

40~50리길을 걸어서만 왕래했던 시절에 친척 간의 만남에는 언제나 뜨거운 정이 솟는다. 게다가 누나들이 시집을 가면 그곳이 새로운 여행지로 각광받아 기대는 더 부푼다. 같은 피를 받은 동기간의 정이 천륜으로 교감되기 때문인지 모른다. 친척 방문을 통하여 우물 밖의 세상을 알고, 타인을 배려하는 법과 도리를 보고 배운다. 남의 집에 기거하면서 체득하는 예의범절은 아날로그적 시절의 인성 교육 방식이었다.

몸이 멀면 마음도 멀어지듯이 피붙이라도 떨어져 살면 낯이 설고 서먹서먹해진다. 수도권에 살고 있는 손녀와 낯익고 싶어 프로그램을 짠다. 방학이 되면 애들을 대구로 보내라고 진즉 제 어미에게 일러두었다. 실망을 주지 말아야지 하는 조바심이 든다. 조부모를 찾아오는 설렘과 기대가 어떤 것일까. 손녀들의 호기심을 무엇으로 채워 줄까 하는 즐거운 고민에 빠진다.

처음으로 어미 품을 떨어져 나온 어린 것이 둥지를 나선 병아리 같이 대견하였다. 큰 녀석이 초등학교 4학년이니까 향토 교재가 적용되는 사회과 지역화 교육과정에 맞추어 경주 고적 답사로 흥을 돋구어 줄까 싶다. 덧붙여 기본예절 몇 가지를 가르쳐 볼 요량이다. 불국사, 천마총, 첨성대 등 주요 고적 해설 자료를 만들어 장도에 오른다.

큰 녀석은 설렁설렁 잘 따라다니는데 2학년인 동생은 몸집이 굵어 뙤약볕을 견디지 못해 연신 물을 들이키며 허우적댄다. 녀석은 반도 못 다녀 제 할미와 함께 나무 그늘만 지키는 낙오자가 되고 만다. 큰 녀석과 함께 불볕 사냥을 하며 남은 여정을 그럭저럭 둘러보았다. 폭염 속 고행이 아름다운 추억으로 더 잘 그려지기를 바라며 집으로 돌아 왔다.

이튿날, 울산에 사는 4학년짜리 외손녀가 합류했다. 세 아이를 둘러앉히고 백판(White Board)에 '人間'을 쓴 뒤 읽으라고 하였다. "사람 인, 사이 간!"하고 세 아이가 약속이나 한 듯 합창한다.

예절이란 사람과 사람 사이에 지켜야 할 도리이다. 그 도리를 잘 지켜야 사람답게 잘 살아 갈 수 있다고 운을 떼고 전화 예절에 대하여 설명을 한다. 전화도 음성으로 대하는 만남이니까 첫머리와 끝머리에서 안녕하세요 라든가 안녕히 계셔요 등과 같이 인사말을 꼭 해야 된다는 등. 그리고 전화를 끊을 때 송수화기를 어떻게 놓아야 할까를 묻는다.

내 말이 끝나기 무섭게 2학년 꼬마가 말한다. “상대방이 어른이면 먼저 끊도록 기다렸다가 놓아야 돼요.” 평소 할미가 전화를 걸 때마다 인사를 안 한다고 자주 주의를 듣던 녀석이 이처럼 꾀가 말짱한 데에 놀랐다. “야, 맞아. 넌 누구한테 배웠어. 참 잘 알고 있네.” “엄마한테 배웠어요.” “알면 지금 인사 연습을 해 봐.” 타성을 고쳐놓고 말겠다 싶어 녹음을 재생하듯 인사말을 반복케 한다. 버릇을 고치려고 한 칭찬이 제 동생에게 집중되자 큰 손녀가 그만 뛰쳐나가며 울음보를 터뜨린다. 놀란 할미가 다독이며 왜 그러느냐고 물으니 나도 알고 있는데 왜 동생한테만 칭찬을 하느냐 불만이 터진 것이다.

아뿔싸! 마음 씀이 세심하지 못해 일어난 갑작스러운 사단에 놀랐다. 치우침에 아파하는 것은 내색하는 정도의 차이일 뿐, 감도야 어른이라고 다르겠는가. 감정 상태를 가감 없이 울음보로 표출한 아이가 나를 깨우쳤다. 어른 노릇 제대로 하기가 수월하지 않다.

손녀들 눈에 비친 할아비의 성적표가 어떻게 나올는지 궁금하다.

(2012)

어울림의 즐거움

매월 정한 날짜에 동창회가 어김없이 열린다. 담아 둔 이야기를 진솔하게 털어놓기에는 동기회만한 모임이 없을 성싶다. 설령 상궤를 좀 벗어난 이야기를 털어놓았기로 별로 탓할 이가 없는 관대함이 이 모임의 오랜 전통이기 때문이다. 그 어떤 사랑방도 이처럼 카타르시스를 만끽할 분위기는 흔치 않을 것이다. 같은 직종에서 비슷한 의식이 지배하는 생태계에 몸담아 온, 그래서 동질성이 높은 특성 때문에 그럴는지 모른다.

반갑게 인사를 나누고 아주 편한 마음으로 두어 순배 술잔이 돌고 나면 소소한 이야기가 오고 간다. 여기까지는 조용하고 진지하다. 술기운이 올라 말문이 열리기 시작하면 누군가가 날이 서 있는 시중의 이슈에 불을 붙인다. 갑론을박으로 저마다 불꽃 튀기는 일가견을 편다. 볼륨은 크레센도(∠). 제동 없는 토론 열기는 천정을 찌를 듯하다. 열기가 진정되면 화제는 회원 동정 이야기로 옮아간다. 누구는 손자 봐주러 어딜 갔네, 테니스와 바둑 실력은 누가 어떻네, 혹자는 아쉬울

때만 얼굴을 내민다는 둥 한 달 동안 묵힌 종합 뉴스가 콸콸 쏟아진다. 이쯤이 본론이다. 맨정신으로는 꺼내지 못할 이야기도 이때면 거침없이 하이킥이다. 한바탕 부산을 떨고 나면 다들 마음이 후련한가 보다. 얼굴마다 화색이 가득하다.

가파른 산을 오르기에는 힘이 부쳐서 동기회 동아리로 올레길 걷기 클럽을 새로 꾸렸다. 첫 행사로 가야산 소리길을 택했더니 열세 사람이 동참했다. 수려한 가야산 계곡을 따라 새로 낸 오솔길이다. 물소리, 바람소리, 새소리를 벗하며 걷는다고 '소리길'인 것이다. 홍류동 계곡 길은 명실공히 명품 올레길이다. 목적과 취향이 같은 만큼 감흥도 비슷했다. 비경을 만날 때마다 동시에 감탄사를 연발한다. 기암괴석을 타고 흘러내리는 물은 느리게 혹은 빠르게 리듬을 연출해 내며 청량한 기운을 내뿜는다. 유순하던 물줄기는 벼랑을 만나면 강기 서린 폭포수로 변신하여 물보라를 흩날리며 몇 길 푸른 소에 몸을 푼다. 느릿느릿한 걸음으로 산골의 정취를 샅샅이 뒤적이며 유쾌하게 걸음을 옮긴다. 하늘에 닿아 있는 적송을 쳐다보는 현기증이 여행의 설렘에 묻혀서인지 마냥 싫지만은 않다. 종의 얼굴을 대표하는 갖가지 나뭇잎, 풀꽃이 싱그럽고, 인간이 던져줄지 모를 군것을 엿보는 다람쥐의 눈치 빠른 몸놀림도 귀엽다. 다만 일제의 전쟁 물자를 대느라 빨래판 같은 흉터를 단전 아래로 안고 수줍게 서있는 안쓰러운 노송이 옥의 티다. 휴게소 벤치에 기대 앉아 땀을 훔치며 상긋한 피톤치드를 폐부 깊숙이까지 들이마셔 둔다.

숲속에서의 점심 식사는 비길 데 없는 즐거움! 집에서는 대수롭잖던 김치와 멸치 볶음, 장아찌가 야외에서는 달기가 그지없다. 풀 향기와 버무려져서인지 감칠맛이 더하다. 반주로 곁들인 산딸기, 더덕 술이 밥맛을 당겨준다. 각자 아내의 솜씨자랑이 깃든 도시락 안에는 행복이 가득하다. 숲속은 금세 꿀맛 같은 우정의 향연으로 왁자해진다.

오래 건강하게 살려면 알맞은 운동과 고른 영양, 원만한 인간관계와 조직 참여 등등 균형 있게 몸을 부려야 한다는 주장에 공감한다. 동기회와 올레 걷기 클럽은 이 네 가지 요소를 충족하기에 안성맞춤이다. 어울림은 생활에 활력을 공급하는 원동력이자 치유의 약손이다. 고독이 형벌이던 조선시대가 그렇듯 관심과 사랑이 차단된 격리가 얼마나 큰 고통이었던가. 고독이 독버섯으로 변질하여 묻지마 범죄가 광풍을 일으키는 요즘은 어떤가. 고독은 무관심 속에서 자란다. 주위를 둘러 볼 일이다.

나를 일으켜 세워 어울려 준 모든 분들이 오늘따라 더욱 고맙게 다가온다. 어울림이 행복의 묘약임을 절실히 주목해야 할 때가 바로 지금이 아닐까 한다.

(2012)

V

바치는 글

고 김영규 교장 영전에 고하나이다

외숙모님 영전에 올립니다

초등학교 6학년 은사 菊庵 洪永斗 선생님 문집 跋文

고 김영규 교장 영전에 고하나이다

오늘로 김 교장이 이 세상을 떠난 지 어언 49일이 흘렀군요. 人生七十古來稀라는 옛말에 비추어보면 천수를 누린 셈이 되고, 100세 시대를 구가하는 21세기의 잣대로 보면 조금 아쉬운 점이 있군요. 사람이 제아무리 수를 누렸다 해도 생의 미련을 어찌 버릴 수가 있겠소. 늘 자기는 죽지 않을 것 같은 착각 속에서 사는 게 인생이라 하지 않소. 무릇 숙명이라는 타고난 수명은 그 누구도 뜻대로 어찌할 수 없지 않소. 그대는 누구를 탓하지 않고 숙명을 담담하게, 초연히 받아들인 담대한 위인이었소.

돌이켜보면 우리는 지난 세기말에 이 세상에 몸을 받아 동족상잔의 6.25 전란과 초근목피로 겨우 목숨을 이어가며 가난을 이겨냈고, 60, 70년대 조국근대화 교육일선에서 피땀 흘려 인재양성에 힘써 이 나라를 이만큼 성장시킨 주역의 한 사람인 고 김영규 교장의 영전에 서니까 새삼 착잡한 감회가 몰려오는 구료.

고인이시여. 이 사람과는 같은 학교에서 근무하지는 않았지만 평소에 접해본 김 교장의 생활철학을 미루어 짐작하건대, 40여 년간 교단에서 한결 같이 제자들에게 사랑과 정직, 근검절약 정신을 철저히 습관화하였을 성싶고, 동료 간의 신의를 중시하면서 입은 굳게 닫고 실천을 앞세운 믿음직한 참스승의 길을 걸어왔음이 분명하오. 뿐만 아니라 가정교육에서도 효제와 우애를 강조하시었고, 자제를 유능한 사회인으로 길러냄으로써 남들의 부러움을 사는 가정을 꾸려왔소. 이 세상에 와서 아버지로서, 가장으로서, 교육자로서의 책임을 다함으로써 모범적인 삶을 살아왔소. 한 가지 덧붙이고 싶은 점은 일생에 한 번뿐인 동기 합동 칠순잔치에 참여토록 그렇게 간청을 하였건만 외고집을 꺾지 않아 못내 아쉬웠소. 때로는 전진을 위한 일보 후퇴의 여유로움도 삶의 방편일 터인데 말이오. 이다음 만나거든 이내 말도 좀 받아주시오. 고인이 생의 막바지에서 나를 찾던 절박한 음성을 나는 잊을 수가 없소. 얼마나 가슴이 에이던지…. 무의미한 연명치료를 거부한 단호한 결기는 역시 김 교장다운 면모였소. 내가 본받고 싶은 바였소.

김수환 추기경께서는 그의 시편의 한 구절에서 "나는 아쉬울 것 없노라."라고 술회한 바와 같이 고인의 성실한 삶이 성인에 버금가 조금도 손색이 없다오. 또한 천상병 시인이 그의 작품에서 말했듯이 아름다운 마무리를 하시길 바라오.

"나 하늘로 돌아가리라. 아름다운 이 세상소풍 끝나는 날, 나 거기 가서 소풍이 아름다웠노라."고 말일세.

이젠 걱정근심일랑 모두 떨치고 부디 극락왕생하시길 우리 친구들의 뜻을 모아 전하오.

2015년 7월 3일

친구 대표 윤 상 홍 배

외숙모님 영전에 올립니다

삭풍이 몰아치는 섣달 열 아흐렛날, 외숙모님 떠나신지 벌써 49일을 맞이하였습니다. 오늘은 정말 무거운 발걸음으로 외숙모님을 영결하러 왔습니다. 이렇게 추운 날에는 외숙모님이 제 어린 시절 베풀어 주셨던 따스한 정이 더욱 그립고 사무칩니다. 세상이 좋아져서 백세 시대를 맞이하였건만 여든에 드시자말자 뭐가 그리 바쁘셔서 훌훌히 떠나셨습니까. 경북대학 병원에서 뵈었을 때 "더도 말고 딱 5년만 더 살다 가면 좋을 텐데…."라고 하시던 말씀이 오늘 따라 더 짠해 옵니다. 외숙모님의 파란만장했던 청춘의 일단을 지켜보았던 이 생질로서는 누구보다 보상을 많이 받으셔야 할 분이 당신이라고 생각했기에 그 말씀을 듣고 제 가슴은 더욱 매어졌습니다. 하지만 자식들이 붙잡고 생질이 만류한다고 되질 않았으니 안타까울 뿐입니다. 복받치는 슬픔과 아픔을 가눌 길 없습니다.

3년 동안 애면글면 저를 키운 정을 잊을 수 없어 소회를 몇 자 올립니다.

돌이켜 보건대 외숙모님께서 시집오신 이듬해에 제가 도개중학교 유학이 시작되었지요. 1년 전에 큰외숙모님 돌아가시고 조카 둘이 시름시름 앓아누웠을 때 외숙부님께서는 입산수도의 꿈을 접고 산문을 나와 스러져가는 집안을 일으켜 세우고자 외숙모님을 맞이하셨습니다. 나이 어린 새댁 시절이었건만 칡밭 같이 복잡한 시집살이라 숨 한 번 돌릴 틈 없이 헤쳐 나가야 할 험난한 가시밭길이 기다렸지요. 거기다가 둘째 시숙께서 어린 질녀를 데리고 객지에서 돌아오셨지요. 시어머니를 비롯하여 큰 시숙에다 병약한 조카 둘과 질녀, 그리고 둘째 시숙 부녀에, 그 후 새로 맞아들인 손위 둘째 동서에, 거기다 저까지 보태어져 한 지붕 네 가족의 바라지는 오직 외숙모님 한 분의 손에 달려 있었습니다.

가장 힘든 것은 집안에 우환이 끊이질 않았다는 사실이었지요. 6·25전란이 막 끝난 당시 50년대에는 가까운 의료시설도 없고 끼니 잇기도 어려워 대처의 병원 가기는 꿈도 꾸기 어려웠던 시절이었습니다. 외숙부님께서는 한의서를 밤을 지새우며 연구하셔서 가족 우환을 구완하시느라 노심초사하시던 모습이 생생합니다. 지극 정성에도 아랑곳없이 조카 둘과 당신 소생까지 가슴에 묻어야만 했던 통한을 어찌 필설로 다하오리까? 가난이 뭐 길래 이렇듯 운명을 이겨내지 못한 아픔을 겪어야 했습니까. 늘 땟거리가 달렸던 터라 아침에 겨우 밥 한 끼와 제 도시락을 쌌을 뿐 점심과 저녁은 희멀건 나물죽으로 때웠지요. 식구들의 그릇을 먼저 채우고 나면 외숙모님의 그릇은 늘 허기졌음을 저는 알지요. "언제 밥 한 번 실컷 먹어볼꼬."하시던 한숨 섞인 하소연은 아직도 귓전에 들리는 듯합니다. 말해서 무슨 소용이 있겠습니까만 제가 가까운 구미에 근무할 때 맛있는 음식 한 그릇 제대로 대접해드리지 못한 게 후회막급이고 죄송스럽기 그지없습니다. 그래도 사랑은 내리사랑임을 제게 일깨워 주셨습니다. 가끔 찾아뵈면 번번이 쌀이며 밭곡식을 싸주셨습니다. 그걸 받아들고 어려웠던 옛 생각에 마음 한 구석 감회가 새로웠고, 돌아오는 내내 "아, 이제는 외숙모님도 배불리 자시는구나" 하고 생각하니 고초를 겪던 시절 외숙모님의 절실하던 소원이 이루어졌기에 시름이 가시었고 가슴이 벅찼습니다.

한번은 제가 늑막염에 걸렸을 때 외숙부님께서 특효가 있는 약제를 찾아냈다며 기뻐하시며 처방해 주셔서 신통하게 나았지요. 그 후로 늑막염을 잘 고치는 명의로 소문이 나서 멀리서도 많은 환자들이 찾아 왔었지요. 하지만 가족들의 우환은 마음대로 되지 않아 식솔을 앞세우는 비운을 겪어야 했습니다. 거듭되는 인재와 가난과의 전쟁은 끝을 몰랐습니다. 외숙부께서는 견디다 못해 선대 묏자리를 옮기고 사는 집마저 옮기는 극단의 조치를 취하셨습니다. 우연인지 필연인지 천만다행으로 회오리바람은 잦아들었습니다. 또한 위 형제분의 후사를 잇고 나서야 외숙부님께서 안도하시던 모습을 보고 저도 덩달아 마음이 놓였습니다.

비록 빈한하게 살망정 형제간의 우애는 책속의 어느 이야기보다 더

돈독하셨습니다. 외숙부 삼형제분이 한 집에서 돌아가실 때까지 동고동락하신 문자 그대로 생사고락을 함께하신 것은 요즘 탐욕에 찌든 세상인심에 비기면 차라리 신화에 가까운 일로 후손들의 귀감이 되셨습니다. 형제끼리야 핏줄이 같으니 그럴 수 있다지만 안에서 받아들이지 않으면 절대 불가능한 게 가족관계 아니겠습니까. 뭐니 뭐니 해도 외숙모님의 바다 같이 넓고 하늘 같이 높은 넉넉한 품성이 아니었다면 형제간 우애는 사흘도 버틸 수 없었을 것입니다. 외숙부님과 외숙모님의 뜻이 잘 맞는 부창부수가 아니었다면 오늘의 외갓집이 탄생할 수 없다고 저는 믿습니다. 스러져가는 집안을 일으키신 외숙부님, 외숙모님, 참으로 장하신 어른이셨습니다.

3년 동안 지성으로 돌봐주시고 평생 동안 이 못난 생질을 늘 따뜻한 자정으로 거두어주시고 용기를 주신 덕분에 오늘의 제가 있게 되었습니다. 어찌 그 은공 잊으오리까? 외숙모님, 정말 고마웠습니다.

외사촌 칠남매가 오순도순 서로 정과 힘을 보태며 살아가는 모습이 제가 보기에도 든든하오니 이승에서의 미련과 시름일랑 모두 잊어버리고 떠나시길 바랍니다.

이제 자식들의 정성어린 칠재를 마치면서 생시에 쌓으신 공덕으로 극락왕생하시기를 생질 상홍은 간절히 기원합니다. 안녕히 가십시오.

계사년 섣달 열 아흐렛날 외숙모님 49제에
생질 상홍 삼가 올립니다.

*註 : '누가 나와 함께 울어줄 사람 있나요?' 최성수가 부른 〈동행〉의 가사입니다.

가신 분을 애도하는 조사를 바치는 사례를 요즘 주위에서 본 적이 없습니다. 그리 멀지 않은 옛날, 우리 어렸을 적에는 돌아가신 분에게 추모의 글을 제문이라는 형식으로 올리고 고인을 애도하였지요. 사돈 간에 '기정'이라고 해서 편을 정성껏 빚어 제상에 올리는 미풍도 있었지요. 요즘 봉투만 삐죽 내미는 무덤덤한 조문과는 비할 바가 아닌 참으로 아름다운 풍속이었지요. 이승을 하직한 뒤 제문(또는 조사)으로 애도할 이 있는 죽은 자는 참으로 행복할 것 같아요.

나에게는 또 다른 '키운 정'이 있었어요. 중학교 3년동안 외갓집 유학을 했지요. 그때 나를 보듬어 키운 분이 외숙모님이었습니다. 지난 12월 19일은 외숙모님의 49재 중 막재일이었어요. 내가 외숙모님께 올린 제문을 공개합니다.

초등학교 6학년 은사 菊庵 洪永斗 선생님 문집 跋文

老子 문구에 '上善若水'라는 구절이 있습니다. 직역하면 최고의 선善은 물과 같은 것이라 했습니다. 왜 굳이 선을 물에다 비유했을까. 물이 가진 몇 가지 성품, 즉 물은 반드시 수평을 이루는 공평성과 담는 그릇에 따라 양태樣態가 변하여도 잃지 않는 근본성(本質)이 미세한 빈 곳이라도 다 채우는 완전성과 낮은 곳으로 내려서는 겸손함을 지니고 있다고 하였습니다.

국암 홍영두 선생님의 삶을 한마디로 함축하여 이르고자 한다면 上善若水라는 말이 가장 적절한 표현이 아닌가 합니다. 선생님께서 八旬 인생을 경영하시며 漢詩 오백여 首를 창작하시니 詩 속에 배인 선생님의 신념과 풍류의 운율이 너무나 청아하시어 그 뜻을 오래 두고 널리 펴서 잊지 아니하고자 저희 문하생이 문집으로 집성하실 것을 권고하여 뜻을 이루시게 되었습니다.

이에 천학비재淺學菲才요, 문장에 어눌한 저에게 발문을 청하시니 간곡히 사양하여도 거듭 청하심에 물리지 못하고 응하게 되었습니다.

선생님께서는 저의 초등학교 6학년 때의 은사이시라 가끔 안후를 여쭈어 왔기에 선생님의 성품과 인품을 항시 존경하고 흠모하던 터이므로 이를 드러냄에 거리낄 것이 없습니다만 한편으로는 워낙 소양이 모자라 그 고매함을 오히려 훼손하지나 않을까 만분의 일이나 표현해 낼 수 있을까 염려될 뿐입니다. 선생님과 독자제현께서 양해하여 주실 것으로 믿고 만용을 부려봅니다.

또한 성현들이 일컬은바 아무리 빼어난 문장에 섬세한 표현이라 하더라도 세상을 밝히고 인간을 도울 수 있는 것이 되지 못하지만 文藝라 할 수 없다하신 가르침을 국암 선생님은 충실히 구현하심이 드러나 있습니다. 시류에 초연하되 섭리에 순응하며 순리를 삶의 최고선으로 실행하시었으며 明鏡止水 같은 淨潔함과 유유자적하신 여유로움과 정성스러움과 정성스러운 교육애의 향기가 시에 묻어나고 있습니다. 이것이 炎凉世態에 물들지 않은 선생님의 기품이며 군자의 향기가 아닌가 합니다.

국암 선생님의 문학을 음미해보면 '글은 곧 그 사람'이다라는 경구에 전적으로 공감하게 됩니다. 선생님의 시는 단순한 詩作에 머물지 않고 작가의 사물에 대한 혜안과 신념을 운율로 나타낸 自傳的 漢詩로 고결한 삶의 철학이 작품 내면에 담담히 서려 있습니다.

청송 벽촌 內龍초등학교에 늦깎기 교장으로 부임하셨을 때 읊은 시를 우연히 접하고서 선생님의 문집 발간을 간곡히 권유했었던 기억이 새롭습니다. 유배지와 같은 오지 부임을 숙명으로 받아들이고 돌부리의 훼방을 감내하시면서 수풀과 계곡을 아름다운 詩語로 그려내는 풍류객을 연상하는 서정이 참으로 멋스럽습니다. 쓸쓸하고 적막한 산골길의 풍광을 예리한 관찰력으로 사실적이고 아름답게 풀어내신 선생님의 銳智에 감탄할 따름입니다.

內龍行路難/ 내룡길 험난함

山靑靑水曲曲　산은 푸르고 푸르며 물은 굽이굽이 돌고
曲處泂靑處天　굽은 곳 맑은 물 푸른 곳은 파란 하늘일세
路回回石矗矗　길은 돌고 돌며 바위는 뾰족뾰족부서져
觸時驚回時痃　부딪힐 때 놀라고 돌아들 때 현기증이 나네
松密密草茂茂　소나무는 빽빽하고 풀은 무무하게 우거져
草藪暗松林連　풀숲은 어둡고 소나무숲길은 이어지네
蜀道難蜀道難　촉도가 어렵다 촉도가 어렵다 하더니
靑松內龍是然　청송내룡길 여기가 그러한가 싶네

※ 內龍: 청송군 내룡초등학교(법정 벽지학교). 矗: 깎을 촉, 泂: 맑을 형, 藪: 숲 수. 蜀道: 중국 사천성의 험난한 길. 李白의 蜀道詩가 있음.

강, 들, 종작물 등 소재를 가리지 않고 시인이 시선을 주고 발상을 하면 대상이 가진 아름다움이 서로 競艶을 하는가 봅니다. 그냥 줄줄 七言詩가 명주실 풀려나오듯 운율로 맺힙니다.

秋日偶吟/ 가을날 우연히 읊다

長天萬里白雲秋 만리장천 맑은데 흰구름 나는 가을
步出江邊一上樓 강가로 걸어나가 조용히 누각에 오르니
大野黃金豊稻熟 큰 들 황금 물결 풍성한 벼 익어가는데
携朋更得樂川遊 벗님과 함께 다시 천유를 즐긴다네

春日登江樓/ 봄날 강루에 오르다

江樓春日惹人情 봄날 강루는 인정을 더 끌게 하는데
雨後登臨景自生 비 갠 뒤 오르니 아름다운 경치 절로 나는구나
柳絮駘蕩能解舞 버들가지는 태탕하여 능히 춤을 추고
桃花爛漫更分明 복사꽃은 난만하여 다시 아름다웁네

※絮: 흰 솜 서, 駘蕩: 봄 경치가 화창함, 莊子天下篇: 駘蕩而不得逐

교단에서 선생님은 채찍 대신 온몸으로 감화시킴을 훈육의 방편으로 삼아오셨습니다.

교육의 열정과 강조점이 서린 작품을 살펴봅니다.

勸讀書/ 책 읽기를 권함

光陰迅去似奔流　광음은 쉬이 가서 흐르는 물과 같으니
對案看書豈可休　책상을 대해 글 읽기를 어찌 소홀히 할까
紙上片言眞寶玉　종이에 씌어 있는 말씀 참으로 보옥이라
腹中無學等虛樓　배 속에 배움이 없으면 빈 누각과 같다네
靑春若失千金貴　청춘에 만약 천금 귀한 것 잃으면
白首何容萬斛愁　백발되어 만곡의 근심을 용납할까
莫謂來年常自在　내년이 항상 앞에 있다고 이르지 말고
及時當勉不貪遊　때에 미처 마땅히 힘쓰고 놀기를 탐하지 마라

※萬斛: 아주 많은 분량. 斛: 열 말들이 곡

유년 시절 엄격한 유교 풍습의 가정 교육을 받으면서 성장하신 菊庵 선생님은 자신에게 엄격하시고 가정관리의 근본에서는 孝慈友愛, 益新, 勤儉, 淸廉, 爲善을 가훈으로 삼아 살아오셨습니다. 선생님의 내면을 지배하고 있는 근본이 詩 全篇에 녹아 있어 작품을 감상하는 감흥이 남다르다 하겠습니다. 선생님은 과시욕이나 허영스러움을 늘 경계하시고 守分과 겸양을 귀히 여기시기에 이 시대에 보기 드문 선비이심을 감히 말씀드릴 수 있습니다.

2007년 丁亥 春 三月

제자 전 구미 상모초교 교장 尹相洪 삼가 씀

※선생님께서 돌아가시던 두어 해 전부터 제자와의 전화도 사양하신 것은 짐작건대 제자에게 더 이상 짐이 되지 않으려는 의지 때문인 것으로 보였다. 선생님의 어지신 성정이 읽혀져 짠한 마음을 지금도 지울 수 없다.

윤상홍 에세이

상호 연경 장